EL BARCO DE VAPOR

Barracuda, el rey muerto de Tortuga

Llanos Campos

Ilustraciones de Marta Altés

LITERATURA**SM**•COM

Primera edición: septiembre de 2017

Gerencia editorial: Gabriel Brandariz
Coordinación editorial: Xohana Bastida
Coordinación gráfica: Lara Peces

© del texto: Llanos Campos, 2017
© de las ilustraciones: Marta Altés, 2017
© Ediciones SM, 2017
  Impresores, 2
  Parque Empresarial Prado del Espino
  28660 Boadilla del Monte (Madrid)
  www.grupo-sm.com

ATENCIÓN AL CLIENTE
Tel.: 902 121 323 / 912 080 403
e-mail: clientes@grupo-sm.com

ISBN: 978-84-675-9774-5
Depósito legal: M-22902-2017
Impreso en la UE / *Printed in EU*

Cualquier forma de reproducción, distribución,
comunicación pública o transformación de esta obra
solo puede ser realizada con la autorización de sus titulares,
salvo excepción prevista por la ley. Diríjase a CEDRO
(Centro Español de Derechos Reprográficos, www.cedro.org)
si necesita fotocopiar o escanear algún fragmento de esta obra.

*Para Fulín
y para mi hermano John.*
CHISPAS

*A Benito,
por todo y por más.*
LLANOS

El soldado Villegas estaba muy nervioso. Miraba a todas partes mientras intentaba mantenerse firme en su puesto de centinela del segundo turno de guardia. Pero el fusil le temblaba entre las manos como si tuviera frío, aunque esa noche en la isla de Puerto Rico la temperatura era de más de treinta grados. Al otro lado de la pequeña puerta oeste del fortín San Juan de la Cruz, su compañero de guardia –el soldado Andrade– permanecía quieto como una estatua, recortado contra la estela de la luna en el mar.

Villegas oteó el mar frente a él: nada. Luego miró hacia el este, al otro lado de la desembocadura del río Bayamón, a la ciudad de San Juan. Todo estaba en silencio. Sin embargo, eso no parecía tranquilizarle.

–Los han visto en la isla, Andrade –dijo el más que asustado Villegas–. Los han visto desembarcar en el norte. Dicen que no son más que huesos y harapos, pero que luchan como demonios salidos de las profundidades del mar. ¡Y no puedes matarlos, Andrade! No puedes matarlos porque... ¡ya están muertos!

El soldado Andrade no contestó ni cambió de postura.

—¿Tú sabes a qué han venido? —continuó el ya aterrorizado soldado—. ¿Eh? ¡Vienen a llevarnos al infierno a todos, Andrade! ¡A eso vienen! —levantó el fusil—. Estas armas que llevamos, ¿sabes de qué nos van a servir? Yo te lo diré, Andrade: ¡de nada! ¡De nada nos van a servir! ¡Las balas no los tocan, como si sus cuerpos fueran de aire! ¡Los disparos de cañón ni siquiera los levantan del suelo! ¡Los cuchillos no los hieren aunque los atraviesen de parte a parte! —Villegas abandonó su posición, se acercó a la muralla y continuó en voz baja mientras escudriñaba la oscuridad, cada vez más nervioso—. No los veremos llegar... Cuando queramos darnos cuenta, ya los tendremos encima y nadie podrá salvarnos —se acercó a Andrade—. ¡Vámonos! ¡Vámonos ahora mismo! ¡Yo no me alisté para luchar contra espectros! Soy un fiel súbdito de España y juré dar mi vida por ella. ¡Pero no vine al otro lado del mundo a perder mi alma! ¡Y eso es lo que quieren, Andrade! —lo zarandeó por las solapas—. ¡Nuestras almas!

Entonces, el paciente Andrade abandonó su posición de firmes para arrearle a Villegas un sonoro bofetón que le tiró el casco y (unos segundos después)

le dejó la mejilla derecha caliente y roja como un tomate.

—¡Basta ya! —le dijo en voz muy baja—. ¡Conseguirás que nos arresten! ¿Pero tú oyes lo que estás diciendo? ¡Muertos vivientes! ¡Pareces un crío!

—Yo tampoco lo creía —se defendió Villegas con una mano en la mejilla colorada, sin dejar de temblar—, pero el primo de Santamaría tiene un amigo en el fuerte sur que conoce a un tipo que los vio. Y dicen que su pelo ahora es blanco, y que se ha quedado ciego.

—Todo muy fiable, sí —respondió Andrade volviendo a su puesto—. Mira, Lope: yo no sé si existen los muertos que caminan sobre la tierra, pero ¿sabes lo que sé que existe seguro? ¡El capitán Acuña! Y ese sí que va a despellejarnos vivos si nos ve aquí, de cháchara durante la guardia.

—¡Pero los han visto, Raimundo! ¡Los han visto en esta misma isla que tú y yo pisamos!

—Ya, ya... —dijo entre dientes Raimundo Andrade—. El primo de un amigo de un sobrino de un tío que conoce a uno que oyó decir que alguien los vio tomando el sol en la playa.

—¡No, Andrade, no! ¡No tomaban el sol! ¡Era de noche! ¡Los espectros salen de noche!

—Tomaban la luna, entonces —respondió el soldado Raimundo casi sin mover un músculo—. Mejor; así no se queman. Los muertos suelen estar pálidos, ¿no? No les vendrá bien tomar mucho el sol.

—¡Te burlas! —dijo Villegas desabrochándose el primer botón de su chaqueta, que amenazaba con ahogarle—. No deberías, Andrade. ¡No deberías burlarte de estas cosas! No les gusta.

—¡Huy, sí! —dijo Raimundo, juntando las piernas como si se estuviera orinando y poniendo voz de petimetre—. ¡Cuidado con los fantasmas, que les sienta fatal que les digas paliduchos! A ver si vamos a herir sus sentimientos de muertos sedientos de sangre y se van a enfadar.

En ese momento, un ruido sordo llegó claramente desde la parte baja de la montaña donde estaba instalado el fuerte. Los dos soldados dejaron de hablar, se miraron y luego miraron hacia el lugar de donde venía el eco inconfundible de unos pasos en la noche. Sin decir nada, los dos a la vez se asomaron por encima de la muralla.

Un grupo de figuras oscuras se movía al pie del fuerte. La luz de la luna las descubría de vez en cuando, y luego las sombras de la montaña parecían tragárselas. Andaban ligeras; casi se diría que flotaban sobre lo escarpado del terreno.

—¡Son... son ellos, Raimundo! —gimió Villegas—. ¡Los muertos errantes! ¡Te lo dije!

–Pero qué... pero qué... –acertó a decir un ahora asustado Andrade.

Los dos soldados se quedaron petrificados con las manos aferradas al parapeto, y antes de que pudieran despegar los pies del suelo, aquellas sombras tenebrosas ya habían llegado adonde ellos estaban.

Por unos instantes que les parecieron eternos, los espectros permanecieron quietos y en silencio frente a ellos, con las ropas raídas agitadas por el viento y las espadas centellando a la luz blanca de la luna. Sus rostros afilados apenas se intuían bajo los sombreros, pero sus dientes brillaban como puñales de plata. Ninguno de los dos españoles pestañeó siquiera, congelados como estaban por el miedo; solo se oía en aquel lugar el castañeteo de los dientes del pobre Villegas, a punto de desmayarse.

–¿Quién va? –acertó al fin a decir Andrade con un hilo de voz, apuntando a aquellas sombras con su arma temblorosa–. ¡Santo y seña! ¿Qué... qué buscáis aquí?

Una de las figuras dio un paso hacia ellos y dijo simplemente, con voz oscura y terrible:

–Tu alma, español.

Raimundo Andrade y Lope Villegas, soldados del primer batallón de la infantería española acantonado en el fuerte San Juan de la Cruz, situado en la isla de Cabras, frente a la ciudad de San Juan de Puerto Rico, no necesitaron más. En el primer respingo que dieron perdieron la apostura, el casco y el arma; después, se atascaron en la puerta que hasta ese momento custodiaban, al intentar entrar los dos al mismo tiempo; y luego corrieron como conejos delante de un mastín hasta llegar al patio de armas, despertando a todo el fuerte con sus gritos de terror.

–Bien –dijo el espectro–, las telas está al otro lado de esa puerta. Cargad cuanto podáis y vámonos.

Más de cuarenta de aquellas sombras entraron en el atestado almacén, y volvieron a salir con todo lo que eran capaces de sujetar. Amparados en la oscuridad, aquellos espectros bajaron de nuevo la montaña hasta perderse limpiamente en la noche, con su carga brillando a la luz de la luna y sin que nadie les saliese al encuentro. Un golpe limpio y preciso. Por detrás de ellos, los gritos y las llamadas de alarma terminaron de despertar a todos, si es que alguno aún dormía.

En pocos días no hubo soldado español, inglés ni francés en todo el Caribe que no conociera la historia de Andrade y Villegas, atacados por los espectros de la tripulación pirata cuyos cuerpos yacían en el fondo del mar, a bordo aún de su barco, frente a Puerto Plata. Con cada narración, el relato variaba un poco, aunque (curiosamente) nadie mencionaba el robo. Así de selectiva es la memoria. Para cuando la noticia del incidente llegó a Maracaibo, los espectros medían más de dos metros de altura, sus dientes eran afilados como los de los tiburones, los dos soldados habían muerto nada más verlos, sus cadáveres habían aparecido secos como la cecina, y sus almas inmortales se retorcían ya en las simas volcánicas del mar.

Vosotros y yo sabemos que todo eso no fue así, pero dejemos que el miedo se siembre por el Caribe. Nos conviene.

Justo ahora, ante vuestros ojos, acabamos de robar a los españoles el tesoro más grande que nadie haya visto jamás.

Pero no quiero perderos en esta historia. Para ser fiel a la verdad de los hechos, esta tercera aventura no debería empezar aquí, sino algún tiempo atrás.

Según mis cuentas, la última vez que supisteis de mí acabábamos de escapar de la prisión de Fung Tao en Formosa y de rescatar por segunda vez –ya en aguas del Caribe– el tesoro de Phineas Krane. Yo tenía doce años y era la pirata más joven y pelirroja de la tripulación del temible Barracuda.

Pues ahí seguiremos.

¡Ah, olvido un detalle importante! Estábamos todos muertos.

1

—Eso que dices no son más que cuentos de viejas —dijo en voz alta Brynmor, golpeando la mesa con su jarra llena de ron—. ¡Sois una panda de malditos cagones! ¡Miraos! ¡Hablando en voz baja con el culo apretado de miedo! —elevó aún más la voz y abrió los brazos—. ¡Yo digo que vengan! ¡Vamos! ¡Toda Tortuga me conoce y sabe que no hablo en balde! ¡Aquí los espera Brynmor el Galés, hijo de Dylan y Gladys Bradfield! ¡Veamos de lo que son capaces esos espí...!

No pudo terminar, porque Toribio el Gallego le arreó en la cabeza por detrás con una jarra de dos cuartas y el Galés cayó de morros al suelo, casi sin hacer ruido.

—¡Este idiota hará que muramos todos! —dijo Toribio a modo de disculpa, con el asa rota de la jarra aún en la mano.

Todo el mundo en la Posada del Indiano de la isla de Tortuga asintió, y entre dos parroquianos llevaron al inconsciente Brynmor (que ya roncaba como un jabalí) a un rincón, a que digiriera tranquilamente el porrazo y el ron que llevaba en las tripas.

—No es que yo crea en esas supercherías —apostilló Edward el Patas—, pero son muchos los que los han visto, deambulando de noche por los puertos de la Española o por las calles desiertas de Maracaibo. Hay días en que hasta en dos lugares a la vez, paseando sus huesos por las playas a la luz de la luna o navegando en un extraño barco de velas rojas como la sangre, lejos de las rutas comerciales; un barco robado a otro fantasma, un chino vengativo que llevó sus cadáveres al fondo del mar y condenó sus almas a vagar sin fin a bordo de su barco maldito. Dicen que en Puerto Rico acabaron con un batallón entero de españoles. Sus cadáveres eran huesos y pellejo, y cuentan que nadie ha podido enterrarlos porque se salen de sus tumbas cada noche y el cementerio aparece regado de sus cuerpos al salir el sol.

—¡Todo eso no son más que majaderías! —intervino desde la mesa del fondo Medio Pirata. Le faltaban una pierna, un ojo y un brazo, y agitaba la manga vacía de su camisa creyendo sin duda que señalaba a algún sitio—. ¿Quién diablos dice que los ha visto? ¿Alguien en esta habitación?

Todos se miraron un momento.

–El viejo Maurice el Normando los ha visto –repuso, tras un silencio, el Patas–. Se los cruzó una noche en la Martinica, y dice que los perros aullaban y que los gatos se retorcían a su paso como si se hubiera abierto el infierno. Iban todos en procesión, buscando quién sabe qué como almas en pena.

–¡La Santa Compaña...! –murmuró sobrecogido el Gallego, haciendo la señal de la cruz varias veces–. ¡Estamos condenados!

–¿Maurice?... ¿Maurice el Normando, dices? –contestó con sorna el Medio–. ¿El mismo Maurice el Normando que se pasea al salir el sol con un gallo en la cabeza, diciendo que puede volar...? ¿El que jura y perjura que su madre era una dama de la corte francesa y su padre un pulpo de cien brazos?

–Sí..., ese –reconoció a regañadientes Edward, y luego insistió–. ¡Pero muchos otros los han visto! Y no todos llevan un pollo en la cabeza. He oído a piratas grandes como galeones relatar encuentros con ellos con la voz entrecortada por el temor. Sí, amigos: son muchos los que dicen que han vuelto de entre los muertos para cobrarse deudas pendientes.

Al fondo del salón, iluminado por la chimenea, un pirata alto, flaco y rubio palidecía por momentos. Apretaba la jarra de barro que sostenía entre las ma-

nos como si fuera a convertirla de nuevo en barro para moldear otra cosa, y el ron saltaba fuera de ella con los espasmos de su miedo.

—Eso no te pone en muy buena posición —le dijo el posadero desde detrás de la barra—, ¿verdad, Berj?

—¿Por qué? —preguntó Toribio al tembloroso pirata rubio—. ¿Qué tienes tú con ellos, Holandés?

Berj el Holandés tragó saliva y miró a todos los de aquella habitación como si le estuvieran apuntando con armas invisibles, pero no dijo nada.

—No seré yo quien lo cuente —continuó con media sonrisa el dueño de la posada, un tipo alto y gordo—. Pero digamos que este tiene con ellos una cuenta pen-

diente... Al menos, con uno. Si es cierto que vienen a saldar deudas, será mejor que aprendas a batirte con la mano derecha. Porque si no me equivoco, Holandés, para más desgracia tú eres zurdo, ¿no?

En el silencio de aquella habitación, la risa del posadero resonó como la campana de una iglesia. Berj no se reía. En absoluto.

De repente, la puerta que daba a la calle se abrió de golpe. Una ráfaga de viento se coló por ella y dejó la hoguera que ardía en la chimenea reducida a un rescoldo palpitante. Recortadas contra la luz de la calle, varias figuras aparecieron en el umbral. De nuevo el viento volvió a encender el fuego, y el fulgor de las llamas iluminó tenuemente las caras de todos. La de Berj estaba blanca como el papel.

Cualquiera en la isla de la Tortuga reconocería aquellas figuras, aunque ahora estuvieran esqueléticas: el gigante, la pata de palo, el parche en el ojo, el garfio, el hacha de doble filo...

—¡Que el diablo se me lleve! —murmuró el posadero persignándose—. ¡Los muertos del *Cruz*! ¡Era cierto! ¡El cielo nos asista!

Las figuras de la puerta no se movieron; parecían flotar en el viento que las rodeaba y que movía sus ropas y sus cabellos. La luz de la luna llena recortaba sus siluetas a contraluz, y la de la hoguera hacía brillar sus ojos como los de las fieras nocturnas.

—¿Qué buscáis aquí, espectros? —se atrevió a decir Edward el Patas con voz temblorosa—. ¡Id en paz y pasad de largo! ¡No queremos pendencias con espíritus ni muertos vivientes! ¡Seguid vuestro camino! ¡Nadie os debe nada en esta casa!

En ese momento, al Holandés se le cayó la jarra de entre las manos y se hizo añicos contra el suelo de madera, con un estruendo tal que hizo que todos le miraran. Tras un momento de silencio, una de las figuras de la puerta dio dos pasos hacia él.

—¡Pero mira qué ha traído hasta aquí la marea! —dijo despacio y con voz grave—. ¡Que el infierno se congele! ¡Berj el Holandés! ¡Habrá que admitir que la Tierra es redonda y que el agua de los mares es toda la misma! ¿Cuánto tiempo hace? ¿Quince..., dieciséis años? Creí que no volvería a ver tu cara de bacalao del norte, pero mira qué casualidad –dio otro paso hacia él, y Berj pegó la espalda a la pared–. ¿Ya no te acuerdas de los amigos? Eso decías que éramos, maldita rata de mar... Amigos.

–¿Te conoce? –preguntó en un susurro el Gallego al Holandés.

–Claro que lo conozco –contestó la oscura figura, sin dejar de mirar al aterrorizado Berj. Luego puso delante de él un garfio que remataba su antebrazo izquierdo–. ¿Veis esto? Aquí antes había una mano. Una mano como esta –levantó la derecha–. ¿Recuerdas dónde viste mi mano izquierda por última vez? Seguro que sí, Holandés. ¡Estábamos allí los dos! Yo sí me acuerdo. Lo relataré para que tus amigos conozcan también esta edificante historia –elevó la voz sin cambiar de posición ni dejar de mirar a Berj–. Fue después del motín del *Palo Santo*. Navegábamos los dos al mando del viejo capitán Brando. ¡Éramos tan jóvenes entonces...! Esta cucaracha, junto con otras cucarachas que navegaban con nosotros, se amotinaron y mataron a Brando. Era un buen capitán; no debisteis hacerlo. Yo no secundé la revuelta, y fue precisamente a ti, mi amigo del alma, al que se le ocurrió que sería divertido abandonarme para que muriera en un islote, cerca de Trinidad. Hacía un calor de mil demonios, ¿lo recuerdas? Seguro que sí.

Aquí la oscura figura hizo una pausa, y Berj sintió que debía decir algo. Lo hizo, pero con un hilo de voz.

–Pe... pero no dejé que los demás te mataran.

–¡Ah, gracias! –sonrió el espectro, y sus dientes brillaron a la luz de la lumbre–. No, no dejaste que me mataran, es cierto. A bordo, no. Pero fuiste tú quien me ató con una cadena a una piedra enorme junto a la playa, a esperar que subiera la marea. Eso fue idea tuya. ¡Cómo te reías, Holandés! –agitó el garfio delante de su cara–. ¡Por esta mano me ataste! Ni siquiera me dejaste mi pistola para que pudiera tener un final digno, no morir ahogado como un maldito pez en un cubo. Pero se te olvidó una cosa, amigo: el cuchillo corto que siempre llevo al cinto. Uno como este –lo sacó, lo blandió muy cerca de los ojos del aterrorizado pirata y continuó, con la mandíbula tensa por la rabia–. Tardé más de dos horas, Holandés: dos largas horas... Pero allí quedó mi mano izquierda, atada a una piedra para que se la comieran los peces –dio un paso atrás y puso una voz que pretendía ser amable, pero que sonaba como el batir de un trueno–. Y ahora... ¡Míranos! ¡Juntos de nuevo como dos amigos de toda la vida, rememorando batallitas como viejos lobos de mar, detrás de una jarra de ron!

–¡Maldito seas, Holandés! –murmuró Edward el Patas casi escupiendo–. ¡Nos has traído la desgracia! ¡Ahora iremos todos contigo al infierno, con nuestras almas malditas! ¡A nadie dejarán con vida estos espectros vengativos!

En ese momento, otra de las figuras (una enorme) avanzó desde la puerta y le dijo algo al oído a la sombra que llevaba el cuchillo desenfundado.

–Ya, ya, John –le contestó esta–, enseguida. Déjame arreglar cuentas con un viejo amigo –la inmensa mole oscura volvió a susurrarle algo a la oreja–. ¡Que sí! –repuso el espectro del garfio, molesto. Luego hizo una pausa, miró alrededor y bajó el cuchillo–. Bien, Berj: el día de hoy puedes marcarlo en el calendario como otro cumpleaños. A partir de ahora, tendrás dos. No voy a matarte por una mano que ya ni siquiera echo de menos. Al principio sí lo habría hecho, los tres primeros años. Pero ahora... ahora ya no la necesito. Verás lo que haremos: te voy a dar mi cuchillo –se lo ofreció por el mango–. Tienes dos horas para traerme tu mano en una bolsa –en su rostro volvió a aparecer esa sonrisa que daba más miedo que una trampa para osos–. Si lo haces, te perdonaré la vida. Sé que lo harás, porque eres un hombre de palabra, ¿verdad, Holandés? Yo también lo soy: cuando te alejabas en la barca, dejándome atado en la playa, te juré que volveríamos a vernos. Tú te reías y escupías al mar. Muerto y todo, yo he cumplido; cumple tú ahora y estamos en paz.

Se hizo una pausa tensa. Berj le miraba con los ojos desorbitados, sosteniendo el cuchillo con su mano temblona. Luego, la oscura figura exclamó, dando un grito que sonó como un latigazo:

–¡Vete ahora si quieres vivir!

El Holandés pegó un bote que lo dejó casi en la puerta, y luego echó a correr calle arriba como alma que lleva el diablo. Ni una jauría de perros le hubiera dado caza, os lo aseguro.

En ese momento, Toribio el Gallego dibujó en el suelo, a su alrededor, un círculo con tiza, cruzó los brazos y empezó a decir a voz en grito:

–¡Cruz ya tengo! ¡Cruz ya tengo, espíritu! –y luego recitó muy rápido en una lengua extraña–: *Espíritos das neboadas veigas, podres cañotas furadas, fogar de vermes e alimañas, lume da Santa Compaña, mal de ollo, negros meigallos; cheiro dos mortos, tronos e raios; fuciño de sátiro e pé de coello; ladrar de raposo, rabiño de martuxa, oubeo de can, pregoeiro da morte* –se arrodilló dentro del círculo y dijo, ya en palabras castellanas–: Esta es la oración de la Santa Camisa, la que me pongo en contra de mis enemigos para que, aunque tengan ojos, no me vean; aunque tengan pies, no me alcancen; aunque tengan manos, no me toquen; el hierro no me hiera y los nudos no me aten, y por las tres coronas bendice mi cama, mi cuerpo, mi casa y todo mi alrededor, líbrame de brujos, hechiceros, espíritus y personas de malignas intenciones. Con tres te mido, con tres te parto...

–¡Basta de rezos! –dijo el espectro, y eso hizo callar al Gallego–. Nada tenemos contra vosotros. Y esta noche no es la señalada. ¡Salid ahora y no sufriréis daño alguno! Pero eso sí: si alguno queda en esta posada cuando cerremos las puertas, su alma inmortal no tendrá salvación.

No hizo falta más. Todos los parroquianos salieron a la calle en menos tiempo del que se tarda en estornudar (incluido el posadero, que apreciaba su negocio, pero no tanto como para echarle encima, además de horas y trabajo, la propia vida).

La puerta batió contra su marco un par de veces, zarandeada por el viento, y se cerró de golpe. Quedaron dentro del lugar los espectros solos: cincuenta y cuatro sombras demacradas a la tenue luz de la chimenea.

–Echad más leña aquí, avivad el fuego –dijo la sombra del garfio, de pie junto al hogar–. Pasaremos aquí esta terrible noche; no creo que ninguno de esos vuelva hasta mañana, y puede que ni aun entonces. Cuando salga el sol, habremos desaparecido. Vamos, descansemos aquí nuestros malditos huesos.

Así, de esta forma tan inesperada, conocimos todos la historia de la mano perdida de Hernán Covanegra, más conocido como capitán Barracuda.

2

Una enorme figura, un borrón en medio de la casi oscuridad, rebuscaba con gran estruendo tras la barra del mesón. Las otras fueron colocándose aquí y allí, tiradas junto al fuego o sentadas a las mesas ahora vacías.

–Esa impaciencia tuya –dijo Nuño sentándose al fondo de la habitación– un día nos va a costar un disgusto, John. Casi nos descubres.

–¡Me importan un bledo esos desgraciados! –respondió este–. ¡No aguanto más! ¡Y aquí no hay más que cecina! ¡Mataría por un pollo! ¡O por una pierna de cordero!

–Pues ese es el fallo de este plan –repuso Erik el Belga–: ¡se supone que los espectros no comen, pedazo de estómago con patas!

–El día en que la Ballena pierda el apetito, bien se podrá decir que está de veras muerto –dijo Jack el Cojo–. Y aun creo que, después de estarlo, los gusa-

nos tendrán que vigilar sus espaldas si no quieren que el festín se dé la vuelta.

—Nunca he comido gusanos —le respondió la Ballena—, ¡pero si seguimos con este maldito plan, no dudes que acabaré por hacerlo!

—¡No te quejes, John! —intervino Dos Muelas, tan flaco que podría haberse llamado ahora Una Muela—. Tú no estuviste preso en Formosa, encerrado como nosotros por Fung Tao hasta que la piel se nos pegó a los huesos.

—¡Y menos mal! —dijo calentándose al fuego Rodrigo el Salao—. ¡Nos habría comido uno por uno! El hambre le habría hecho tener alucinaciones y al final no habría visto en aquella celda otra cosa que pollos y terneros con voces familiares de piratas.

—¡Eso sí que nos habría puesto en un aprieto! —me reí yo mientras imaginaba a John persiguiéndonos por aquella celda horadada en la roca, y a Nuño intentando convencerle de que éramos sus compañeros de tripulación y no capones o lechones dorados aliñados con ajo y perejil.

—Ayúdame, Chispas —me dijo Boasnovas, el Portugués Tuerto, yendo hacia la barra—. Hagamos algo antes de que este bruto rompa todos los cacharros y no podamos guisar ni una berza. Aparta, anda —le dijo luego a la Ballena—; déjame a mí esto de la cocina.

Gruñendo como un lobo hambriento se apartó John, mientras mordía un enorme pan de varias libras que había encontrado.

No era esta la primera vez que yo estaba en aquella Posada del Indiano. Allí estuvo a punto de robarme Farid el Africano, aunque ahora me parecía que de eso hacía mucho tiempo. ¡Habían pasado tantas cosas desde entonces...!

–Capitán –intervino de nuevo el Cojo mientras se ajustaba por enésima vez la pata de palo, que ahora le estaba grande y se le soltaba cada cuatro pasos–, esto no puede seguir así. Aún estamos flacos como hojas de sable.

–¿Alguien ha visto alguna vez un espectro gordo? –preguntó desde el fondo de la sala el capitán mientras miraba su garfio, quién sabe si imaginando su mano izquierda allá, en una playa cercana a Trinidad, atada a una piedra, flotando y luego secándose al sol con el cambio de las mareas.

Todos nos miramos.

–¿Espectros... gordos? –repitió Malik el Negro.

–Las almas en pena son etéreas –respondió Barracuda–, casi transparentes, como jirones de seda o retazos de niebla.

–¡Por Dios! –susurró Erik el Belga a Rodrigo, que estaba a su lado–. «Etéreo», «jirones», «retazos». ¡Desde que este hombre lee, va a haber que ir a los abordajes con un diccionario para saber qué cuernos nos dice!

–¿Tú no lo has entendido? –le contestó, también en voz baja, el Salao.

–¿Yo? –se ofendió Erik–. ¡Claro que lo he entendido! ¿Acaso me tomas por un iletrado?

–¡«Iletrado»! ¡Esa también es buena! –le respondió Rodrigo con admiración, ante la satisfacción del Belga.

–¡Pues este retazo de niebla –rompió el clima la Ballena– va a ponerse de muy mal humor si cuando se acabe el pan no hay en la mesa algo caliente que lleve carne y patatas!

–Tú no eres un retazo, John –le dije yo, trasteando detrás de la barra con el Portugués–; ¡eres un banco de niebla de los que ocultan islas y pierden galeones!

–Pero, capitán –intervino Dos Muelas–, ¿cuánto tiempo debemos seguir con esta farsa de los espíritus?

–Todo el que podamos –respondió él–. Vamos a ver, malditas plañideras: ¿quién ha sido herido desde que volvimos de China? –todos se miraron, pero nadie respondió. Ya os dije que cuando el capitán preguntaba cosas tan obvias, no quería respuestas, solo que nos hiciéramos la pregunta. Eso no había cambiado–. ¿Alguien puede enseñarme un agujero de bala, un corte…, un moretón, al menos? Es más, ¿quién ha desenvainado la espada desde que volvimos al Caribe? Responderé yo: ¡Nadie! ¿Y alguno de vosotros, estómagos llorones, se ha preguntado por qué?

De nuevo silencio, aunque al menos yo ya sabía por dónde iba el capitán.

–Nadie nos ha atacado desde que volvimos de Formosa –siguió Barracuda– porque piensan que estamos muertos, que somos los espectros de la tripulación del *Cruz del Sur*, que, como todos saben, yace bajo el mar frente a Puerto Plata. Nadie nos vio partir a China a bordo del *Dragón de Sangre* de Fung Tao, colgados en redes de pescar en la cubierta como atunes. Por eso nos temen, por eso nuestro trabajo nunca ha sido tan fácil. En Barbados, en Maracaibo, en la isla Dominica... Ya tienen noticia de nosotros la armada inglesa, la española... Y esta noche, toda Tortuga sabrá lo que ha pasado aquí. En una semana, no habrá pirata en todo el mar Caribe que no conozca la historia de los muertos del *Cruz*. Creí que no habría nada mejor que ser pirata, pero sí lo hay: ¡ser el espectro de un pirata! ¿No os parece fantástico llegar a los sitios y que todo el mundo salga corriendo, dejando atrás sus bolsas llenas de oro y sus casas abiertas de par en par? ¡Casi ni tiene gracia robar así! Esta es la vida perfecta que todo facineroso anhela.

—¡«Facineroso»!, ¡«anhela»! —insistió el Belga por lo bajo—. Lo que yo te diga: ¡un diccionario!

—Así que seguiremos como hasta ahora —remató el capitán—. Ninguno de nosotros comerá delante de nadie. Y cuando estemos a solas, lo haremos frugalmente —Erik le dio un codazo a Rodrigo ante la palabreja—. Nadie volverá a echar tripa; no en un tiempo, al menos. ¡Ah!, y no lavéis ni remendéis vuestras ropas; nadie tomará en serio a unos espectros bien vestidos que huelan a jabón.

—Este será un buen plan, capitán —intervino Nuño, con unas dotes de clarividencia que solo entenderíamos mucho más tarde—, hasta que algún desgraciado con suerte no se trague la superchería esta de los muertos que caminan, pruebe a ensartarnos a alguno en la hoja de su espada y descubra que sangramos como cualquier bicho viviente. Ahí acabará la farsa.

—Puede que así sea, Español —le respondió Barracuda—; pero mientras, aprovecharemos la ventaja que nos da la fortuna.

—La buena suerte no saldrá a nuestro paso —intervino Gato el Ruso, que había recuperado el don del habla después de perderlo cuando fue capturado con los demás por Fung Tao (aunque el cambio no había sido grande, porque, como ya os conté, lo usaba en escasísimas ocasiones)—. No es bueno jugar con los muertos. No, no es bueno...

–¡Vamos, Ruso! –le respondió riéndose Jack el Cojo–. ¡Un muerto no debería ser tan supersticioso! A fin de cuentas, ¿qué más podría pasarle?

Entonces Barracuda, tal y como nos tenía acostumbrados en los últimos tiempos, sacó de su casaca un libro, se acomodó en la silla y se puso a leer tranquilamente mientras, en la cocina, Boasnovas y yo sacábamos ya de las ollas algunos olores. Esta, que habría sido una de las imágenes más extrañas en otro tiempo, era ahora algo habitual. No fue el único libro que se vio en el mesón a aquella hora: Jack el Cojo abrió *La vida es sueño*, de Calderón de la Barca; Gato el Ruso (mascullando aún entre dientes quién sabe qué) continuó la lectura de *Romeo y Julieta*, de un inglés llamado William Shakespeare (¡quién habría sospechado que al Ruso le gustaran las historias de amores, besos y tragedia!), y el capitán siguió con *La vida del Buscón* de Quevedo, lectura que de vez en cuando le hacía sacudirse en el asiento como si tuviera pulgas: ¡se reía! Nadie lo hubiera creído si no lo hubiéramos visto con nuestros propios ojos.

Para los que piensen que no hay nada más raro en el mundo que un grupo de piratas leyendo tras una dura jornada de asaltos y escaramuzas, tengo que decir que sí, que hay algo más raro que eso: ¡un montón de espectros flacuchos leyendo novela picaresca y teatro en verso!

Nos comimos casi todo lo que había en la posada; y para que el dueño, al volver, no se preguntase para qué narices querían un atajo de fantasmas seis pollos, cinco capones, tres costillares de cerdo, dos canales de cordero y un barril de patatas, nos llevamos de aquel lugar un montón de cosas que no nos hacían falta para nada: unas sillas, ropa, las velas, los cabos de las palmatorias, un loro que soltamos cuando salió el sol, unos cascabeles que colgaban en la puerta de la despensa... Supongo que el mesonero relataría aquella historia muchas veces después de aquel día, haciendo cábalas sobre las razones por las que aquellos espectros necesitarían trastos tan dispares.

Y, si os lo estáis preguntando... No, ningún holandés vino a traernos su mano en una bolsa.

3

Dejamos la posada mucho antes de la primera claridad del día, con las tripas llenas y los huesos calientes.

Atravesamos las calles desiertas de Tortuga; todas las casas estaban cerradas a cal y canto. En muchas puertas, faroles encendidos iluminaban extraños colgantes que parecían alguna clase de amuleto, hechos de ajos, espinos, hojas de palma y mechones de pelo. Las ventanas estaban atrancadas con tablas de madera.

–¡Vamos! –gritó de repente Barracuda, en medio del silencio de la noche–. ¡Esta noche todos sabrán de los muertos del *Cruz*!

Entonces empezó a patear puertas y a arrancar de ellas los amuletos como si se hubiera vuelto loco.

–¡Malditos estúpidos! –decía dando terribles gritos–. ¿Creéis que así salvaréis vuestras almas, con estas baratijas? ¡Estabais avisados, mortales! ¡Deberíais haber huido cuando era tiempo! ¡Ahora hemos venido a por vuestras almas! ¡Somos los muertos del *Cruz del Sur*, que yace en el fondo del mar con nuestros cadáveres en la bodega! ¡Estáis condenados! –el capitán, viendo que los demás permanecíamos parados en medio de la calle como pasmarotes, se acercó a nosotros y dijo en voz baja–: ¿Tendré que hacerlo todo yo...?

Eso nos puso en marcha, y en un santiamén todos estábamos gritando y dando golpes como almas en pena. Aporreábamos ventanas, dábamos gritos tenebrosos y decíamos cosas como: «¡Aquí vienen los muertos del *Cruz del Sur*!» o «Llevaremos vuestras almas al infierno». Nos daba la risa a menudo, y el capitán nos cosía a puntapiés.

–¡Os voy a colgar a todos por las barbas de los mástiles del barco, malditos inútiles! –nos decía entre dientes con la cara desencajada, aunque con tanta rabia que parecía que gritaba–. ¡Si nos descubren, juro que no vais a tener que fingir que estáis muertos!

Yo no pude evitar, al pasar por la puerta de la herrería de mi antiguo «maestro», decir por el ventanuco de la puerta a pleno pulmón:

–¡Basile! –aporreé la puerta–. ¡Basile el Francés! ¡Sal, que hoy pagarás juntos todos tus pecados, maldito tacaño!

Estoy segura que él estaba dentro, agarrado a la bolsa de su dinero y conteniendo la respiración. ¡Qué mal lo había pasado yo en aquel lugar, y qué dife-

rente se veía todo ahora, rodeada de mis amigos «espectrales»!

El capitán (que era el único que, ya fuera de vivo o de muerto, daba miedo de verdad) seguía aterrorizando a su ritmo, que era impresionante. Se colocó en medio de la plaza, tomó aire y gritó con voz de trueno:

–¡Esta noche es la última! ¡Lo juro por mi cadáver putrefacto! ¡Todo el que aún esté aquí cuando volvamos, nos acompañará al fondo del mar! ¡El mismísimo diablo está esperándoos allí! ¡Volveremos, y entonces será vuestro fin! ¡Ese es el plazo!

Y echó a andar hacia las afueras de la ciudad como si de veras no tocara el suelo. Todos le seguimos, sobrecogidos y admirados del temor que causaba, incluso en nosotros. Yo lo conocí de vivo, y no quiero ni imaginar lo que sería toparse de verdad con el alma en pena del capitán Barracuda.

Nuestro barco estaba estratégicamente fondeado en la llamada Costa de Hierro, en el norte de la isla, bajo un enorme acantilado (donde era invisible desde tierra) y lejos de las rutas que entraban a puerto. Así nadie podía saber cómo habíamos llegado ni partido de la isla.

Apenas salió el sol, el capitán mandó levar el ancla y salir a mar abierto. Siguiendo sus instrucciones, pusimos rumbo a los cayos, junto a las islas Turcas, ahora bajo dominio del rey francés. Nuestro destino era uno de los Cayos del Mar, apenas un atolón de arena en medio del agua, donde nadie vendría a ver si estábamos vivos o muertos. Allí nos esconderíamos un tiempo. ¿Cuál era el plan de Barracuda? Nadie lo sabía. Pero hacía tiempo que yo me había acostumbrado a tomar las cosas como venían, a confiar en la astucia del capitán y a disfrutar de la brisa del mar, del sol en mi cara y de los baños en playas de arenas blancas. ¿Os habríais quejado vosotros?

Eso me parecía.

Por si a estas alturas de la historia aún no os habéis dado cuenta (o no lo recordáis), tengo que insistir en que los piratas son de lo más supersticioso. Se tiran la vida haciendo señas y recitando requilorios ininteligibles para conjurar el mal de ojo; no pasan por donde ha cruzado un gato negro; no mencionan los nombres de los ahogados, porque dicen que entonces vienen a buscarte y te llevan a las profundidades del mar; no se ponen el sombrero de un muerto, aunque sí sus botas (piensan que su espectro no reclamará el calzado, porque de nada le sirve ya, pero sí el sombrero, porque hay que llegar al otro mundo con la cabeza cubierta); jamás comen en un plato rojo, porque creen que eso atrae la sangre (su propia sangre); tampoco entierran una mano o una pierna amputada en una escaramuza, porque no hay que dar tierra a parte alguna de un hombre que aún siga vivo, si este no quiere seguir a su miembro en poco tiempo...

Esto hizo que, tal y como había predicho Barracuda, el relato de lo ocurrido en la posada se extendiera como un reguero de pólvora. Al día siguiente, mientras nosotros navegábamos hacia los cayos, toda Tortuga sabía de los muertos vivientes que vagaban por la isla en busca de venganza. Como era de esperar, en cada esquina la historia cambiaba un poco para hacerse más terrorífica. A mediodía éramos sombras que volaban sobre las calles desiertas y oscuras, con las cuencas de los ojos vacías y las bocas manchadas de sangre. Al caer la tarde eran ya siete los que habían muerto en la Posada del Indiano. Y a la noche siguiente se decía que habíamos desaparecido en el fuego de la chimenea, llevándonos con nosotros a Berj el Holandés.

Ni que decir tiene que, con toda seguridad, Berj el Holandés estaría a esas horas a bordo del primer barco que pudiera sacarlo de Tortuga, rumbo a cualquier parte lejos de Barracuda, abrazando su mano izquierda y mirando de tanto en tanto por encima de su hombro, muerto de miedo.

Puede que no lo creáis, pero la vida de muerto viviente –en contra de lo que pueda parecer– es de lo más incómoda. El hambre, la poca higiene, borrar cualquier rastro de nuestro paso, deambular solo de noche, tener que pasar el día ocultos como murciélagos... Todo eso, unido a que el peligro más grande al que debimos enfrentarnos resultó estar con nosotros a bordo: la Ballena. Obligado a ayunar, mi buen amigo pronto se convirtió en un gigante malhumorado y nervioso. Le hablabas y solo contestaba el ruido de sus tripas, que sonaban como un oso perseguido por un enjambre de abejas.

A bordo de nuestro junco de tres palos (regalo, como recordaréis, de Shunzhi, el gran emperador de toda la China), la vida era más sencilla. En alta mar –solos nosotros y el Caribe– no teníamos que fingir, ni poner voces graves y susurrantes que hacían cagarse de miedo a gentes de toda clase (mezcladas a menudo con los brutales ruidos de nuestra pobres tripas, que solo estaban muertas de hambre).

En la travesía pudimos al fin ponernos ropas limpias y lavar las que llevábamos, que casi se metieron solas en el balde de agua, de sucias que estaban. Yo me di un baño que consiguió despegarme el pelo de la cabeza y devolverle el rojo de otros tiempos. Cuando pude desenredarme el cabello y peinarme, me sorprendí de lo larga y rizada que se había vuelto mi trenza, atada aún con la ya descolorida cinta azul de mis primeros libros. Soy una sentimental.

Pasaba los días en la proa, donde continuaba escribiendo esta historia en mis cuadernos de tapas de cuero, cuidando mi letra y mi ortografía, con una pluma larga y roja (John y yo la compramos en la isla de la Tortuga junto a nuestros primeros libros) que se movía con el vaivén de la brisa del mar y con el ir y venir de mis recuerdos.

Empezaré por decir que escribir es mucho más difícil de lo que yo creía. Me refiero a escribir algo que se parezca a la verdad. Poner en un papel: «Los zapateros zapadores, zampando zarzaparrilla, entraron en zozobra durante el zafarrancho» no es complicado; es incluso mucho más fácil que decirlo en voz alta. Pero yo no me refiero a eso. Me refiero a describir las cosas tal y como ocurrieron, sin omitir nada y siendo fiel al ambiente del momento, no sé si me explico. Quiero decir que, si tienes que contar algo que cuando pasó te hizo doblarte de risa, no puedes contarlo sin gracia, aunque el día en que lo estés poniendo en el papel te sientas triste o te duelan las muelas como si te estuviera coceando una mula.

Esto hace que, en los ratos en los que estás dale que te pego a esto de la literatura, estés perdida sin remedio para cualquier otra cosa, metida en una especie de nube que te saca de donde estés para llevarte atrás y adelante dentro de tu cabeza, dejando solo en cualquier rincón de la cubierta una especie de cascarón sordo y lerdo que no contesta a las preguntas ni se guarece de la lluvia, y que no hubiera comido ni bebido si Boasnovas o la Ballena no le hubieran llevado el rancho de vez en cuando.

¡La de papel que tiré al mar! Las palabras parecían huirme como ingleses en retirada. Escribía un montón de páginas, y cuando las leía al día siguiente, todo se me antojaba una porquería sin sentido. «Esto no pasó así», me decía, o «¡Bah!, esto fue mucho más peligroso de lo que parece aquí». Tú, en tu recuerdo, lo ves, lo oyes, casi puedes olerlo. Pero enhebrar una palabra detrás de otra en una hoja en blanco... ¡Ah, amigos! ¡Ese es otro cantar!

En fin, que muchas veces el resto de la tripulación se rio de mí a base de bien mientras yo, furiosa, daba saltos en el sitio, lanzaba maldiciones y palabrotas dignas del mismísimo Francis Lenguanegra, o me comía las páginas de pura rabia que me daba.

Pero pronto ocurrió que, conforme más libros leía, más fácil me era encontrar las palabras que buscaba para mi historia. Poco a poco, la cosa fue dejando de ser todo el rato cuesta arriba, y en ese viaje a los cayos ya había terminado el primer cuaderno y casi el segundo: las dos primeras partes de esta historia.

Creo que ahora tengo que contar que fue precisamente por esos días cuando el capitán Barracuda dejó de llamar a nuestro barco «este cascarón» o «este maldito bote de palillos». Al mismo tiempo, esta historia encontró a su primer lector.

Y que esas dos cosas estuvieran unidas es una de las más grandes alegrías que aquellos días de piratería me dieron.

4

Era una tarde cálida, aún en travesía. El sol empezaba a ponerse, y yo me daba prisa para repasar las últimas páginas que había escrito antes de que la luz me faltase. A mi lado, el capitán tenía la vista perdida en el horizonte, con la cabeza como siempre en sus cosas. No me di cuenta de cuándo empezó a mirarme a mí en vez de a la puesta de sol. En un momento dado, tomó el cuaderno que yo estaba escribiendo y lo ojeó un momento.

–Ese es el segundo, capitán –le comenté con un poco de vergüenza–. Es mejor empezar la historia por el principio. El primero es este –le ofrecí el que estaba a un lado, sobre un banco–. Ya está terminado. Creo que lo llamaré *El tesoro de Barracuda*.

Me miró fijamente, con el primer cuaderno ya en la mano.

–¿El tesoro de... Barracuda? –preguntó, y no pudo evitar que se notara su sorpresa.

–Sí, capitán. En él cuento nuestra historia desde que encontramos el tesoro de Phineas en Kopra hasta que Fung Tao nos atacó en el puerto de Tortuga.

–¿Quieres decir, niña, que yo... salgo en este libro?

–Pues... sí –respondí con una sonrisa–. En realidad, salimos todos. No es un libro, solo es un cuaderno. Pero quién sabe si alguna vez podría serlo... Estaría bien verlo impreso y encuadernado, ¿no? He intentado contarlo tal y como ocurrió. O, al menos, como yo lo viví.

Barracuda ojeó las páginas, y yo no pude por menos que decirle:

–¿Querría leerlo, capitán? Por si me he olvidado de algo o alguna cosa no se ajusta a la verdad. Me vendría muy bien.

Él me miró un momento; luego volvió a mirar el libro. Leyó las primeras líneas, dijo un «Hum» entre dientes y, sin más, se dirigió a su camarote y cerró tras él la puerta.

Toda esa noche pudo verse luz en la cámara del capitán. Alguna vez se escucharon murmullos y golpes que parecían estertores de muerte. Pero yo sabía que eran risas. Risas de pirata duro como el pedernal, pero risas al fin y al cabo.

Esto de escribir (aparte de difícil, como ya he contado) es un hábito que te va comiendo todo el tiempo que tienes. Empiezas y ya no ves el momento de acabar, metida en un pozo donde zumban las palabras y las frases a tu alrededor como mosquitos. De vez en cuando consigues atrapar alguna, y entonces ya no puedes pensar en nada más que en colocar otra detrás de esa. Y así hasta el infinito.

Por eso a la mañana siguiente, apenas salió el sol, yo ya estaba sentada de nuevo en el banco de proa, intentando dejar quietos sobre el papel los verbos, los adjetivos y los nombres como un domador de malditas pulgas salvajes.

Dos Muelas ya estaba en su puesto, echando de menos la cofa del palo mayor del *Cruz del Sur* mientras colgaba como un besugo dentro de una red atada al palo central del junco, y la Ballena arreglaba las jarcias de estribor, que se habían aflojado durante una reciente tormenta.

Nadie más había en cubierta cuando Barracuda salió de su camarote, con mi primer cuaderno en la mano, y se llegó hasta donde yo estaba. Lo dejó a mi lado y se quedó allí, mirándome como si esperase la respuesta a una pregunta que no había hecho. Como ya sabéis, el capitán nunca pedía nada ni mostraba interés en cosa alguna; eso era parte de su «encanto».

Yo cerré el segundo cuaderno (en el que aún estaba trabajando) y le dije:

–Este no está terminado, capitán. Ni corregido del todo. Me faltan, creo, un par de semanas para hacerlo –se lo ofrecí–. Pero si lo quiere leer...

–Hum... –murmuró Barracuda tras uno de sus típicos silencios–. No me gustan las cosas a medias –luego dio media vuelta y se alejó hacia la popa diciendo a gritos–. ¡Nuño! ¡Rodrigo! ¡Ruso! ¿Dónde diablos está mi maldita tripulación? ¿Acaso estoy pagando holgazanes? ¡Arriba, marmotas! ¡Ya dormiréis cuando estéis muertos de verdad!

Esas voces (y las patadas que la Ballena dio en cubierta, justo sobre las cabezas de los que dormían en la bodega) pusieron en marcha otro día a bordo. Boasnovas el Tuerto me gritó, asomando la cabeza por escotilla de babor:

–¡Chispas, vamos! ¡Deja esas zarandajas y limpia la cubierta! ¡Esto parece una cochiquera!

–¡Un momento! –respondí sin levantar la cabeza del papel–. ¡Voy ahora mismo!

–¡Vamos, niña! ¡Nadie te dará una parte del botín por garabatear esos cuadernos!

–¡Portugués! –gritó entonces el capitán, apoyado a estas alturas en el timón y pensando en sus cosas–. ¡Déjala en paz! ¿No ves que está ocupada?

–¿Ocupada...? –repuso Boasnovas el Tuerto, abriendo muchísimo su único ojo.

–Si a Lope, a Cervantes –continuó Barracuda–, a ese Shakespeare o al mismísimo Quevedo los hubieran puesto a fregar cuando estaban en medio de una de sus obras, ¿sabes cuántos libros de los que ahora leemos se hubieran escrito? Adivínalo; es una cifra fácil. ¡Ninguno, Portugués! Así que sé respetuoso con las artes, Tuerto, y haz recaer esa onerosa tarea en algún otro. Deja que Chispas conjure a sus musas lejos de trapos y aguas malolientes.

Ante estas dos últimas frases, Erik el Belga y el Salao se cruzaron una mirada cómplice, cada uno desde su tarea.

Respecto a las órdenes del capitán, ninguno las cuestionó, y ni siquiera nadie pareció enfadarse porque, de pronto, yo tuviera permiso para «perder» con mis cuadernos todo el tiempo que quisiera. Incluso un rato después, esa mañana, el propio Boasnovas me acercó a la proa un suculento desayuno con pan tostado, leche caliente y miel de caña sin que yo le notara ni siquiera molesto.

Fue así como, sin apenas darme cuenta, pasé a ser la cronista oficial a tiempo casi completo de la tripulación del bravo Barracuda. Y puedo decir que jamás –ni antes ni después– he ostentado cargo mejor.

Horas más tarde, ese mismo día, llegamos por fin a nuestro destino en los Cayos del Mar. Entonces (y para rematar un día perfecto), Barracuda dijo como quien no quiere la cosa:

—¡Nuño! ¡Fondearemos *La Pluma Roja* en aquella bahía y bajaremos a tierra en la playa!

Nadie dijo ni media, pero todos me miraron a mí. Noté un montón de ojos en mi cogote, así que paré de escribir y me volví.

—¿Qué pasa? —pregunté.

—*La Pluma Roja* —repitió la Ballena—; me gusta.

—Sí, es un buen nombre —asintió el Negro.

—No es bueno navegar en un barco sin nombre —apostilló Gato el Ruso en otra de sus pocas y lúgubres intervenciones—. Dicen que los demonios del mar pueden reclamarlo y llevar a sus tripulantes a las simas abismales para toda la eternidad.

—Desde luego, Gato —le respondió Jack el Cojo—, eres la alegría de cualquier fiesta.

—*La Pluma Roja*, entonces —remató Nuño—. Ruso, encárgate de pintarlo en la popa.

Yo levanté la pluma que la brisa marina movía entre mis dedos y la miré, asombrada.

Así, nuestro junco de tres palos, velas rojas y cuadernas de bambú tuvo al fin un nombre. Y así, de esta forma tan especial y tan inesperada, Barracuda me hizo saber que mi historia (que era también la suya, la de todos) le había gustado; a su estilo, sin halagos ni zarandajas, pero con hechos, que son mejores que las palabras. Fue una sorpresa y un honor.

Y nadie más en aquel barco volvió a llamarme «grumete». Ahora yo era solo Chispas, nada más y nada menos; la del papel y la tinta, la que pelea con las palabras y aborda cada capítulo en busca del tesoro más esquivo: una historia que otros quieran leer.

Amigos, ni el rey de Francia, ni el pirata más codicioso enterrado en oro hasta las orejas; nadie, nadie más feliz ni más orgullosa que yo ese día.

5

El Cayo del Mar adonde nos había conducido el capitán era un pequeño atolón deshabitado de arena finísima y vegetación exuberante. Allí pretendíamos pasar algún tiempo ocultos del mundo.

El problema se planteó cuando intentamos vivir de lo que nosotros mismos consiguiéramos en aquel lugar desierto. Intentamos (de verdad que lo intentamos) alimentarnos de la pesca, tarea por la que Dos Muelas volvió a convertirse en nuestro maestro, como en lo de aprender a leer. Los que tengáis buena memoria recordaréis que había estado un tiempo en un pesquero (poco, porque la vida de pescador es agotadora) cuando Barracuda perdió su primer barco –el *Estrella Celeste*– y, de pura rabia, disolvió la tripulación y desapareció por un tiempo.

Pero el principal requisito para ser un pescador (no bueno, sino incluso uno malote) es la paciencia. Y ya os digo yo que eso no abunda en ninguna tripulación pirata. En la nuestra tampoco. Si hubiera sabido pintar, sin duda habría dibujado aquellas extrañas imágenes de un montón de piratas –unos en la playa, otros en cubierta– sujetando el sedal con los anzuelos a pleno sol, bufando de calor y de impaciencia mientras cientos de peces apetitosos nadaban entre los cebos sin tocar siquiera ninguno de ellos. Como si se burlaran de nosotros. De vez en cuando, alguien se desesperaba, maldecía como un estibador con almorranas, soltaba el hilo e intentaba coger los peces con las manos, o daba puñetazos al agua como si se hubiera vuelto loco. Ni que decir tiene que así tampoco se pescaba nada.

Así que (visto que la pesca y la piratería comparten transporte y agua, pero no habilidades) nuestro capitán decidió, con buen criterio, que abandonáramos el noble y desquiciante arte de la caña y el anzuelo, y que nos acercáramos a Cayo Sur en busca de víveres que no nadaran tan rápido (a poder ser, que no nadaran nada) y de agua que no estuviera salada.

El Cayo Sur (que, desde donde estábamos nosotros, quedaba al norte) era otro de los islotes que salpicaban aquella zona del mar Caribe, mucho más grande que el Cayo del Mar de donde veníamos y poblado por caribes. El rey de Francia había conquistado aquellos islotes, como antes lo hicieron los españoles, pero ninguno de ellos había dejado un asentamiento. Así que los indígenas que los habitaban creo que ni siquiera sabían que eran franceses. Vivían como lo habían hecho sus padres, sus abuelos y sus tatarabuelos, pasando de lo que fuesen antes a españoles y luego a franceses sin que sus vidas cambiaran lo más mínimo.

Habéis de saber que lo de llamar «caribes» a casi todos los habitantes de aquellas tierras, desde la Bahamas a Trinidad, desde Aruba a Barbados, era de lo más exagerado. «Caribes» venía de «caníbales», porque se decía que muchos de aquellos grupos comían carne humana; pero eso era casi siempre una exageración, cuando no directamente una mentira. Y de ahí tomaron su nombre también estas aguas, el Caribe. Un nombre poco amable para un mar tan hermoso.

Pues bien, desembarcamos en el Cayo Sur, y los indígenas que allí vivían nos miraban con cara de ovejas rumiando la comida de hace tres horas: sin interés ni sobresalto alguno. Lavados, peinados y a plena luz, ciertamente no parecíamos espectros, sino solo personas flacas y hambrientas. Por lo que yo pude observar, estas gentes parecían acostumbradas a ver pasar por sus tierras gentes de lo más variopinto; ni se inmutaron por nuestra presencia. «Ya se irán», creo que pensaban. «Como todos». En mi vida he visto franceses más indios ni indios menos impresionados que aquellos.

En vano intentamos comprarles algunos víveres. Aquellas gentes no entendían el valor del oro, y no lo querían aunque les ofrecimos más que de sobra por algunos pollos y algunos cerdos que pretendimos comprarles. Miraban las monedas como si nunca hubieran visto ninguna o no les importaran lo más mínimo. Las olían, las mordían y, al ver que no podían comerse, las tiraban al suelo y volvían a agarrar sus viandas, despidiéndonos con grandes aspavientos.

Nuño intentaba sin éxito explicarles en varios idiomas –incluido el francés– que aquellas pequeñas piezas redondas y doradas eran muy valiosas, pero aquellos franceses de pega no entendían ni jota de lo que les decía. El que parecía el jefe nos devolvió nuestro oro, y los demás se llevaron sus animales.

«Vaya», pensé yo viendo aquello. «Realmente, el oro no es más que un trozo de algo inútil a lo que nosotros hemos dado valor. No se come, no se planta; ¡podrías morir de hambre dentro de una tinaja llena de oro!». No estaban tan equivocados esos hombres, pues ¿de qué cuernos les habrían valido esas monedas en aquel lugar donde tenían comida, agua, refugio y un paraíso tranquilo para vivir?

Nadie de la tripulación pensó en robarles nada a aquellas gentes. Una cosa era coger algunos alimentos en algún mesón o posada, o robar a la armada in-

glesa, y otra cosa muy distinta quitarle la comida de la boca a quien trabajaba su sustento. Éramos piratas, sí; pero no de los que robaban pollos o tortas de maíz a gentes sencillas. Oro sí, barcos también, o piedras preciosas. En resumen, todo lo que aquellos caribes no tenían ni querían para nada.

Así que la cosa pintaba complicada. Pero una vez más, la única debilidad de mi amigo John salió en nuestro auxilio.

–¡Maldita sea! –se desesperó a grito pelado, viendo cómo aquellas gentes guardaban en sus cercados las gallinas y los cerdos–. ¡Tengo hambre! ¡Acabaré por comerme una de mis piernas!

Los caribes se asustaron al ver a aquel gigante echando espuma por la boca, con las tripas rugiendo como un huracán. Yo intentaba calmarle, pero sus ojos desorbitados creo que ni me veían, tan hambriento y enfadado estaba.

Entonces, una mujer bajita y menuda de aquel poblado se acercó a nosotros y puso a los pies de John una especie de guiso dentro de medio coco.

No podría deciros si aquello olía bien o mal, si era de carne o de pescado, si llevaba batata o mango, porque el tiempo que el medio coco lleno de comida estuvo en el suelo fue menos de un segundo, justo el tiempo que tardó la Ballena en agarrarlo con las dos manos y zamparse su contenido, que –a juzgar por el humo que echaba– debía quemar como hierro al rojo vivo.

Sin embargo, John no se quejó. Creo que ni siquiera se quemó la boca, porque allí no se detuvo el guiso ni un instante; pasó directamente del coco a sus tripas vacías, abiertas como el sumidero de una fuente.

Solo después de engullir lo que hubiera en la cáscara ahora vacía, mi amigo la Ballena nos miró y dijo:

–¡Anda! ¿Queríais?

Responder que sí o que no, a estas alturas, ya era inútil, así que nadie dijo nada. Pero entonces ocurrió algo curioso.

Aquellos indígenas empezaron a hablar entre ellos, asintiendo y señalando algunas de sus chozas. Entonces los habitantes de Cayo Sur, reticentes hasta entonces a darnos nada a cambio de nuestro oro, hicieron algo inesperado: nos dieron comida a cambio de... nada.

Algunas mujeres y niños fueron a buscar cocos, trozos de carne y pescado del que ya no nadaba. Pusieron todo eso delante de nosotros y nos lo ofrecieron con un montón de sonrisas. Allí mismo nos sentamos y dimos buena cuenta de todo lo que había. Viendo el hambre que teníamos, el jefe quiso traernos más comida, pero Barracuda se negó, temiendo que engordáramos (para ser exactos, que dejáramos de estar flacos como alfileres). Todos volvimos al barco algo más tranquilos, pero aún con hambre en nuestras tripas. La Ballena no consiguió calmar ni su estómago... ni su mal humor.

Y a mí, esa noche, a la luz de las estrellas, me dio por pensar en la generosidad de aquellas gentes sencillas, que no habían querido comerciar con nosotros porque nada teníamos que ellos quisieran; pero que, cuando vieron que lo que teníamos era hambre, pasaron por alto el precio. Así es, amigos: lo valioso cambia dependiendo de qué necesites tú.

Que se lo hubieran preguntado si no a la Ballena, que esa noche (y las anteriores, y las que siguieron) habría cambiado de buen grado cien diamantes que tuviera por comerse él solo un cordero doradito en leche de coco.

6

Vista la buena disposición de sus habitantes, decimos quedarnos en Cayo Sur un tiempo, tranquilos y despreocupados. A cambio de su comida, Barracuda ordenó a la tripulación que ayudara a esas gentes en lo que necesitasen. Nunca debió hacerlo. Porque si habíamos resultado pésimos pescadores, sobra decir cómo se nos dieron la ganadería o la construcción.

Malik el Negro se ofreció (por señas, como todo) a ayudar a una viuda con varios churumbeles a reparar su cabaña, muy estropeada por los recientes huracanes. El pobre lo intentó –juro que es cierto–, pero, acostumbrado a no atar otra cosa que jarcias y amarras a bordo, cuando terminó de reparar la choza allí no había quien entrase, prieta y tensa como estaba, con las cuerdas de palma tan ajustadas que en cuanto el hijo más pequeño de aquella buena señora (un chiquillo de no más de tres años) intentó abrir la pequeña puerta de caña, la cabaña entera saltó por el aire como el resorte de una trampa para ratas, cayendo boca arriba a varios metros del poblado, con las lianas sonando como las cuerdas de una guitarra.

Nadie en aquella aldea quiso confiarle a la Ballena la tarea de vigilar el ganado, tal era el miedo que le tenían a su hambre voraz de oso en primavera. Así que, amablemente, fue Erik el Belga quien se ofreció para tal menester. «¿Vigilar cerdos y gallinas?», dijo. «¡Bah! ¡Eso será pan comido!». ¡Cuántas veces, amigos, se arrepentiría después de estas palabras!

Había en aquel poblado treinta cerdos de los llamados salvajes, doce vacas, un gallo y digamos unas setenta y tres gallinas, porque nadie consiguió jamás contarlas de forma fiable. Recuerdo estos números vivamente, ya que no fueron una ni dos las veces en que toda la tripulación tuvo que peinar el cayo en busca de todos ellos.

Resumiendo para no extenderme: los animales se reían de Erik.

El pobre no sabía cómo ni por dónde se salían de los cercados aquellos bichos, expertos en el arte de fugarse como magos perseguidos por recaudadores de impuestos. Allí estaba el Belga, mirándolos fijamente apoyado en un palo y, de repente, parpadeaba ¡y ya le faltaban tres cerdos! Entonces se acercaba, parpadeaba de nuevo ¡y dónde diablos estaban las dos vacas negras!

Se volvía loco. Miraba una y otra vez la cerca, la zarandeaba para comprobar que estaba fuerte y, mientras miraba por la derecha, ¡en la parte izquierda ya no quedaba un maldito pollo!

Entonces le oíamos jurar mientras corría entre los matorrales de espinos, persiguiendo ahora una vaca, luego un gorrino. De repente se le cruzaba una gallina y, cuando intentaba agarrarla, el puñetero gallo le atacaba con toda su furia en defensa de su hembra, le clavaba los espolones en la nuca y le picoteaba la calva como si quisiera volver a sacarle el pelo.

Luego aparecía por fin en la playa, nunca antes de dos horas, exhausto, lleno de pinchazos de las zarzas y de picotazos del gallo, con los ojos desorbitados de rabia y de impotencia. Los caribes rodaban de risa por el suelo viendo a aquel hombretón paliducho que rechinaba los dientes de furia mientras sangraba por miles de pequeñísimas heridas en todo el cuerpo.

Llegados a este punto, todos sus compañeros íbamos a ayudarle intentando no reírnos. Pero eso era imposible porque, en cuanto Erik volvía a poner un pie entre la vegetación, todos los animales sin excepción se paseaban a su alrededor con cara de «¡Ah!, ¿me buscabas?», para desesperación del Belga.

No consintió el muy herido en su cuerpo y en su orgullo Erik el Belga que nadie le relevase de la faena. Ciertamente, se lo tomó como algo personal, y ya nunca volvió a mirar a las vacas ni a los cerdos (pero sobre todo a los gallos) de igual manera.

Los habitantes de Cayo Sur aprendieron pronto que lo que no les rendíamos en faena se lo compensábamos de sobra en diversión. Pronto, el principal menester de aquellos caribes fue observarnos intentar (que de ahí casi nunca pasamos ninguno) las tareas para ellos más sencillas. Se revolcaban de risa mientras Boasnovas intentaba sacar de la tierra una batata entera, apuntando con el machete y su único ojo, haciendo un picadillo de pulpa y tierra mientras maldecía a cada golpe en portugués. O cuando Dos Muelas trataba de no matarse con la cerbatana porque, al soplar por ella (fuerte, como insistían con ahínco los indios), el aire hacía extraños corredores entre sus escasos dientes y un par de veces se tragó el dardo. Menos mal que aquellas gentes, viéndonos tan inútiles, no lo habían untado con veneno de rana, porque entonces el pobre Dos Muelas habría pasado al otro mundo con los ojos abiertos de par en par y los pulmones llenísimos de aire.

En medio de toda esta tragicomedia, yo avancé un montón en mis cuadernos, sentada a la sombra en un tronco de palmera. El capitán no me dio tarea alguna, así que yo podía pasar los días escribiendo como una verdadera escritora: a tiempo completo. Cuando el calor apretaba, me metía en aquel mar de esmeralda y nadaba un rato. Aquello era lo más parecido al paraíso.

Lo que yo no sospeché entonces fue que el hecho de que todos supieran que yo andaba escribiendo la historia de nuestros viajes me complicaría la vida de una manera inesperada.

Para empezar, de repente, todo el mundo tenía algo que contarme.

–¡Oye, Chispas! –me decía Jack el Cojo sin venir a qué–. ¿Te he contado lo de cómo perdí la pierna? ¿No? Pues fue un hecho singular, sin duda. Verás, niña –y aquí engolaba la voz como un cura en misa–: andaba yo de artillero en la tripulación de un tal...

–Estoy en medio de un capítulo muy difícil, Jack –le contestaba yo intentando ser amable–. Luego hablaremos de lo que quieras.

Me iba a bordo de *La Pluma* para seguir escribiendo a solas y entonces era Malik el que se me acercaba como el que no quiere la cosa mientras hacía como que comprobaba las jarcias (o lo que diablos fuera).

–¡Hola, Chispas! –exclamaba haciéndose el sorprendido–. Precisamente ahora andaba pensando en aquellos días en que yo, allá en las lejanas tierras danesas, empecé en esto de la piratería con el gran

Birger el Oso. No te lo vas a creer, pero yo había llegado a aquellos lares...

–No estoy escribiendo sobre eso, Malik –le decía sin levantar la cabeza de mi cuaderno–. Luego te dejaré leerlo.

¡Para qué dije nada! Evidentemente, tuve que hacerlo. Tuve que dejarle leer mi primer cuaderno. Y no solo al Negro; en un santiamén pasó de mano en mano, y en poco tiempo todos mis compañeros lo habían leído. Yo oía carcajadas de repente en la bodega y veía salir al Cojo, enfadado como un mono con sarna, maldiciendo en varios idiomas y amenazando de nuevo con arrancarse el tatuaje de «Gatito

Lindo» y, de paso, el brazo. O escuchaba a varios riéndose de los españoles por la pelea de la paella, junto al fuego en la playa. O veía cómo el Portugués me miraba casi con odio, harto de las burlas de todos por el incidente del mosquito en la isla de Guadalupe. A Erik el Rojo se le ponía pecho de palomo cada vez que alguien llegaba a la parte en la que él había descifrado las pistas del libro de Phineas que nos llevaron a su tesoro, allá en la Costa de los Mosquitos.

Pero esto no fue lo peor.

Ya os he contado que, a lo largo de toda esta historia, nos habíamos convertido (por obra y gracia de

los libros) en lectores instruidos y, además (por obra y gracia de la superchería), en muertos vivientes. Pero lo que yo no me hubiera podido ni imaginar es que a este currículum habría que añadir (por obra y gracia de mi pluma) el oficio de comediantes redichos y pedantes hasta límites que no creeríais.

Una vez fueron conscientes de que en mis cuadernos yo contaba (con nombres, apodos, pelos y señales) los hechos ciertos, incluso las palabras que salían de nuestras bocas casi sin cambiar una coma, la forma de actuar de todos aquellos tipos cambió de forma radical.

Yo no daba crédito.

Me temo que, en las siguientes páginas, esta historia corre el riesgo de volverse una novela barata, llena de héroes de chichinabo que a partir de ese momento nos meterán en más de una situación estrafalaria.

Preparaos para lo que viene.

7

Pasamos allí un par de semanas, un tiempo de extraña tranquilidad para la vida de una tripulación pirata.

Y una mañana, sin previo aviso, se acabó la pausa de Cayo Sur. Como hacía siempre, Barracuda salió de su camarote bien temprano, se asomó a la borda de babor de *La Pluma* y nos gritó a los que estábamos en la playa:

–¡Vamos! ¡Se acabaron las vacaciones! ¡Nuño! ¡Ballena! ¡Zarpamos en cuatro horas!

Tras unos instantes de estupor (pocos, porque cuatro horas no dan para nada si tienes que pertrechar un barco de cincuenta y cuatro personas), todo el mundo se puso en marcha. Llena aún de arena y de salitre, la tripulación volvió al oficio de navegantes; se ajustaron jarcias, se sujetó la carga en la bodega, se revisó el armamento y se recogieron los alimentos y el agua que los caribes tuvieron a bien –de nuevo– regalarnos.

Se entristecieron aquellas gentes al ver que nos íbamos. Lógico, se iban los cómicos. Erik subió a bordo, y las vacas, los cerdos y las gallinas le miraban desde tierra fijamente, como diciendo: «¡Cuando quieras, vuelves!». Él se puso rojo, más aún de lo que ya era por belga y de lo que estaba por el sol. Y cuando todos estuvimos a bordo, el gallo cantó retador desde lo alto del cercado.

Levamos ancla, desplegamos velas y de nuevo el viento cálido del Caribe nos puso en marcha. ¿Hacia dónde? Eso fue lo que preguntó –como era su deber– Nuño el Español, apenas *La Pluma Roja* empezaba a virar hacia mar abierto. Y de nuevo el capitán respondió con cinco palabras:

–¡A Tortuga! ¡A toda vela!

Y se metió en su camarote.

Estábamos ya bien acostumbrados a no hacer más preguntas que las necesarias. Y con Barracuda, «¿por qué?», «¿para qué» o «¿cree que es una buena idea?» no lo eran en absoluto.

Metidos de nuevo en el barco, se me hizo mucho más difícil dar esquinazo a los «contadores de historias» de la tripulación, que a esas alturas eran todos; incluido Gato el Ruso, que parecía haber recobrado el interés por hablar solo para mortificarme con historias de estepas nevadas e interminables jornadas a caballo.

Yo me escapaba como podía. Me escondía en los sitios más increíbles, cambiaba de lugar cuando me encontraban, y –cuando todo esto no era suficiente– llegué incluso a fingir que me ponía enferma. Así de desesperada estaba.

Cuando llegamos a Tortuga era ya noche cerrada. Con nuestro barco de nuevo anclado en el norte de la isla, llegamos a pie, otra vez con nuestros harapos raídos y no mucho más gordos que un mes antes.

Parecía aquella una ciudad fantasma. No se veía un alma en ninguna parte. Muchas casas estaban claramente abandonadas, con las ventanas y las puertas abiertas de par en par.

El mesón, cerrado; la posada, vacía; el muelle, desierto.

Había luna nueva y no se veía a cinco pasos de tus narices. Si no hubiera sido porque los espectros no deben tener miedo, yo diría que aquel lugar daba ahora un poco de canguelo. Pero recordando la última noche pasada en aquellas calles, todos nos miramos, y sin que el capitán tuviera que decir ni pío, nos arremangamos y empezamos el numerito de almas en pena.

Y aquí viene, amigos, los que os decía al final del capítulo anterior; porque de repente, en medio de aquel bullicio de ultratumba, Boasnovas se subió al pretil de un pozo y dijo con voz tenebrosa:

–¡Temed! ¡Ooooh, temed, mortales! ¡Os arrancaremos el hígado y os... os...! –se detuvo y, dando un salto, se me acercó y me dijo bajito–: Espera, Chispas; eso no lo apuntes. No me gusta cómo me ha quedado... ¡Ya lo tengo! –volvió a subirse al pozo y gritó de nuevo–: ¡Temed, mortales! ¡Nos comeremos vuestros corazones! ¡No habrá piedad!

Al entrar en la plaza desierta, Jack el Cojo se puso justo delante de mí para decir en voz alta:

–¡Pereceréis todos, voto a bríos!

–¿Voto a quién...? –dijo Rodrigo el Salao en voz baja, dejando de aporrear ventanas.

–A... a bríos –respondió el Cojo–. Eso dicen en las novelas.

–¿Y quién es Bríos? –insistió en el tema Dos Muelas, también a media voz.

–¡Y yo qué sé! –respondió Jack–. Lo digo porque queda bien.

–«¡Voto a bríos!» –le imitó Rodrigo con sorna–. ¡Menuda tontería!

–Oye, Chispas –se me acercó la Ballena–. Yo solo doy porrazos y eso; lo de decir cosas de fantasma no se me da bien, así que ponme tú luego lo que veas, ¿vale? Algo que quede heroico pero tenebroso, temible pero inteligente; ya sabes...

No, no sabía. No tenía ni idea de lo que quería decir.

—¡Salid! —gritó Nuño golpeando las paredes de una casa con dos alturas—. ¡Salid si tenéis valor! ¡El infierno se ha abierto y espera vuestras almas miserables!

—¡Jo, qué buena ha sido esa! —dijo a mi lado Erik el Belga, mirando con admiración al Español—. «¡El infierno se ha abierto...!». ¿Podrías apuntármela a mí? Total, somos un equipo, ¿no? ¡Qué más da quién dijo qué!

Y ahí empezó una competición lingüística por ver quién decía la barbaridad más grande en aquella noche de espíritus.

—¡Que las hordas del averno corran por estas calles! —gritaba Rodrigo, y todos aplaudían.

—¡Temblad! ¡Temblaaaaaad! —exageraba Malik con voz de fantasma barato.

—¡Hemos venido del más allá al más acá... —se atascaba Dos Muelas en medio de la plaza— y... y...! ¡Y luego nos iremos por donde hemos venido!

—¡Maldición! —decía a voces Gato el Ruso con los brazos en alto—. ¡Maldición! ¡Justicia y maldición!

—¡Vamos a comernos un muslo! —se animó el ahora siempre hambriento John—. ¡O dos! ¡Y unas costillitas bien hechas! ¡Con pataaatas!

—¡Pero qué diablos dices, Ballena! —le dije yo, bajito—. ¡Parece que estás pidiendo la cena en un mesón! ¿Tú crees que eso da miedo?

—¡Maldición! —repitió el Ruso, mucho más animado—. ¡Justicia y maldición!

—¡No habrá piedad para nadie! —decía el Español con voz cavernosa—. ¡Ha llegado el día del juicio, y estáis todos en la lista de Satanás! ¡Salid! ¡Salid a la calle y acompañadnos al maldito infierno!

—¡Maldición! —seguía, a lo suyo, el Gato—. ¡Justicia y maldición!

—¡Oye, qué buena ha sido esa también! «En la lista de Satanás...» —me dijo Dos Muelas—. Esa apúntamela a mí, niña.

—¡De eso nada! —intervino el Cojo—. ¡Las repartiremos entre todos! ¡A ver si voy a quedar yo como el memo de «voto a bríos»!

—Dejad de decir tonterías —susurró Nuño—. ¿Creéis que es momento de discutir de semántica? ¡Si esta gente descubre el engaño, somos hombres muertos de verdad!

—¡Claaaro! —le respondió Malik—. ¡Como tú todo lo dices bien! ¡Pero mira yo, con esa estupidez de «Temblad, temblad»! ¿Quién quiere pasar a la posteridad con eso? ¡Dos verbos! Ni adjetivos, ni metáforas, ¡ni un mísero complemento!

—¡Justicia! —se oía al otro lado de la plaza al Ruso—. ¡Justicia y maldición!

—¡Mira el otro! —le dijo Boasnovas—. ¡Cambia el sonsonete, anda, que pareces el eco!

Barracuda iba al frente de la comitiva, extrañamente en silencio, comprobando puertas y mirando a través de las ventanas rotas. De repente se detuvo, y todos con él. Empezó a hacer soniditos raros entre dientes, hasta que soltó una ruidosa carcajada, y luego otra, y luego más. Os prometo que hasta a nosotros se nos puso de punta el pelo del cogote. De improviso, se giró hacia nosotros y todos dimos un respingo. Luego abrió los brazos como si esperase que le fuera a caer un rayo del cielo.

–¡Esto! –gritó en la noche. Su voz era terrible–. ¡Esto quería!

–¿A... asustarnos? –dijo por lo bajini el Cojo.

–Escuchad –dijo simplemente, y luego permanecimos todos un instante en silencio.

Entonces entendimos que no había un alma en Tortuga, aparte de las nuestras. Nunca la isla había estado tan desierta desde que el mismísimo Cristóbal Colón llegara allí por primera vez, más de cien años atrás. Durante un buen rato, inspeccionamos cada rincón; había sido una desbandada general. Algunos se llevaron todo lo que tenían, otros se fueron con lo puesto. Hasta Basile el Francés se había marchado y había abandonado su herrería.

Nuestras actuaciones estelares de almas atormentadas no habían tenido esa noche público alguno.

Cuando nos convencimos de que allí, efectivamente, no quedaba nadie, Barracuda entró en la Casa Principal de la Cofradía de los Hermanos de la Costa, que estaba en medio de la plaza, y se asomó al balcón del segundo piso.

–¡Tripulación! –dijo agarrado a la barandilla–. ¡Espectros quejicas del malogrado *Cruz del Sur*! ¡A partir de hoy, esta isla será un reino pirata con solo cincuenta y cuatro habitantes! ¡Y esos seremos NOSOTROS! ¡Tortuga, isla de los muertos, así se la conocerá a partir de hoy! –y luego gritó a todo pulmón–. ¡TORTUGA ES NUESTRA!

A juzgar por su tono y por su postura (con el brazo en alto y el puño cerrado), el capitán esperaba una ovación, y una ovación tuvo. Tiramos al aire nuestros sombreros y gritamos vivas al capitán y a nuestra vida de piratas.

–¡Viva la tripulación de *La Pluma Roja*! –gritaba uno.

Y todos respondíamos: «¡Viva!».

–¡Bravo por el capitán! –gritó otro.

Y todos: «¡Bravo!».

–¡Vivan los piratas muertos del *Cruz del Sur*!

Y nosotros: «¡Vivan también!».

Entonces, gritó de repente la Ballena:

–¡Viva Barracuda, rey muerto de Tortuga!

Todos le miramos extrañados, y él se explicó.

–Las islas no navegan, así que no tienen capitán, ¿no? –dijo–. Y ha dicho «reino pirata»; un reino tiene rey.

En el balcón, Barracuda, como siempre, tenía cara de nada. Ese hombre nos había llevado por medio mundo, había peleado con los rivales más temibles, había bajado a simas incandescentes, había encontrado los tesoros más increíbles y siempre nos había mantenido a salvo. Yo pensé que, si alguien en aquellas tierras se merecía ese título, ese era sin duda Hernán Covanegra.

–Ningún pirata tiene rey –intervino al fin Barracuda, con los dientes apretados–; tiene capitán. Y eso soy yo. En el mar o en tierra. Si a alguien se le ocurre llamarme «majestad», juro que tendrá que sacarse los dientes del cogote con unas tenazas.

–Pues a mí me gusta –le dije bajito a John después, mientras nos dispersábamos por la plaza–. Es un título estupendo.

–¡Una isla entera para nosotros! –reflexionó a mi lado Boasnovas–. ¡Puedo dormir cada día en una casa diferente!

–¿Solo...? –preguntó Jack el Cojo–. No sé si me acostumbraré.

«Barracuda, el rey muerto de Tortuga», escribí en mi tercer cuaderno esa misma noche.

8

Tener una isla puede parecer algo alucinante; pero lo cierto es que resulta muy cansado, eso tenéis que saberlo desde ya. No es que nosotros fuéramos los más limpios y ordenados del mundo, pero solo para adecentar mínimamente aquel lugar se nos fueron sus buenos cuatro días. En recoger el ganado, más, y eso que el Belga no se acercó ni a una pluma ni a un pelo de aquellos bichos.

Los habitantes del pueblo habían dejado atrás muchas provisiones, con las que pudimos organizar una enorme cocina en la Posada del Indiano. Allí, Boasnovas tenía todo lo que un cocinero podía soñar. Dos Muelas se acomodó en el campanario de una vieja ermita, acostumbrado como estaba a pasarse la vida en alto por su puesto de vigía. Nuño el Español y su hermano Rodrigo se quedaron cerca de Barracuda, en la casa de la Hermandad, y así cada uno fue eligiendo el lugar que más le gustaba.

Yo me acerqué a ver de nuevo mi media casa, donde había dormido y llorado cuando la Ballena me dejó en el muelle para salir a defender el *Cruz del Sur* del ataque de Fung Tao, allí donde había peleado con Farid. Estaba ya totalmente derruida, y me apené por lo mal que lo había pasado en aquel lugar y por lo sola que me encontraba cuando el Africano me perseguía como una hiena.

Elegí para mí una casita pequeña cerca de la plaza, con el tejado rojo, limpia y soleada, aunque tenía claro que no quería volver a dormir sola en ninguna parte.

Ni yo, ni resultó que nadie; así que hay que decir que esto de elegirse casa fue solo una formalidad, porque, acostumbrados como estábamos a pasar las noches todos en montón en la bodega del barco, nadie salvo el capitán (que tenía su propio camarote a bordo) se hacía a dormir solo en una habitación vacía. Echábamos de menos los ronquidos de unos, los espasmos de otros, el sonsonete en ruso del Gato. Que no os lo he dicho hasta ahora, pero hablaba en sueños todo lo que no hablaba de día; ¡no se callaba, el tío! Pero, eso sí, siempre en su lengua materna, así que vete tú a saber qué cuernos decía.

Esto hizo que, desde la primera noche, después de la cena nadie se moviera de la posada. Nos íbamos repartiendo por aquí y por allá, y allí donde caían nuestros huesos nos quedábamos fritos unos encima de otros, más felices que un gorrino en un charco. El Portugués se desesperaba, porque jamás podía recoger una comida cuando ya tenía que ponerse a preparar otra, como si estuviera atrapado en un remolino de tiempo que no le dejase salir jamás de los fogones.

Pasadas un par de semanas, ya parecía que aquel había sido siempre nuestro hogar. Un hogar raro, tengo que decir, porque aun estando en tierra seguíamos comportándonos como si estuviéramos a bordo. Dos Muelas pasaba horas en el campanario de la ermita, como una de esas gárgolas que adornan los tejados de las iglesias, mirando al horizonte vacío del mar. Los encargados del aparejo (mi amigo John la Ballena, entre ellos) pasaban horas revisando todas las cuerdas que en la ciudad hubiera, y muchas veces se sorprendían a sí mismos haciendo nudos a los ramales de los borricos o a las cuerdas de los pozos. Nuño y Rodrigo pasaban los días mirando mapas para trazar rumbos imaginarios hacia ninguna parte. Los que se encargaban del avituallamiento contaban y recontaban los sacos de harina en las alacenas, los barriles de agua en los establos y las botellas de vino en el mesón. Barracuda, tal y como lo hacía en el castillo de popa del *Cruz del Sur*, paseaba arriba y abajo en el balcón de la Casa Principal de la plaza, oteando el horizonte y vigilando nuestro ir y venir por aquel enorme barco de tierra. Como podéis suponer, yo escribía y me escondía todo lo que podía.

Recuerdo que una noche de aquellas, mientras cenábamos en el mesón, Malik dijo de manera inocente:

–Capitán, creo que empezamos a tener un problema serio con los animales de esta isla: se están asilvestrando. Van por ahí sueltos, cada uno pasta donde le viene en gana ¡y ya no hay quien les eche mano!

–¡Es cierto! –apostilló dos Muelas subiéndose la manga–. El otro día, una burra me dio tal mordisco en este brazo que parece que me he tatuado un rosario.

–¡Y los cerdos! –se unió al tema el Salao–. No volveremos a probar el jamón. ¡Corren como soldados de infantería! Ya no están gordos, no; se han puesto musculosos del ejercicio. ¡Dan miedo, los condenados!

El chistoso de Jack el Cojo, sentado al lado de Erik el Belga, pensó que esto era demasiado bueno para desperdiciarlo.

–Tal vez –dijo– este pastor belga nos podría dar algún consejo para contender con el ganado... ¿no, Erik?

El Belga se puso rojo y se tensó como la cuerda de un arco, tanto que hasta se le saltaron las lágrimas, pero no dijo ni mu.

–Pues yo creo –continuó Malik– que tendríamos que animarnos a plantar algo. Forraje, maíz y esas cosas... Por aquí hay buenas tierras de labor.

–¿Plantar? –le respondió el Portugués, sorprendido de un ojo–. ¿Plantar, nosotros? ¿Cuándo hemos sido nosotros agricultores? ¡Lo que me faltaba por oír!

–Si vamos a quedarnos aquí –dijo el Salao–, hará falta organizarse. En tierra hay otras cosas que hacer. En los pueblos no hacen falta marinos, sino herreros, carpinteros... Otras cosas.

–¡Y malabaristas! –dijo de repente John, ilusionado como un crío–. ¡Yo en Trinidad vi malabaristas! ¿Puedo ser yo malabarista?

–Pero vamos a ver, Ballena –le respondió Nuño–: ¿tú sabes hacer malabares?

–¿Yo? –dijo él–. Ni idea. Pero no puede ser tan difícil.

E inmediatamente agarró tres jarras de barro y se puso a intentarlo. Dos segundos duraron enteras las tres jarras. Pero él cogió otras tres... Y otras tres... Y así durante un buen rato.

–El carpintero puede ser Malik –intervino el Cojo, atento siempre a un buen chiste–. Hará casas saltarinas por toda Tortuga.

–¡Seguro que aún no se ha hundido la choza que les hice! –respondió el Negro, ofendido.

–Seguro que no –le respondió Jack riéndose con ganas–. Aquella pobre familia aún la estará persiguiendo por todo el cayo.

—Bueno —dijo Boasnovas—, yo ya soy el posadero sin proponérmelo.

—Y Dos Muelas puede ser el sacristán —añadió el Cojo, que estaba de lo más inspirado—. De todas formas, se tira en el campanario casi todo el día...

—Todo esto dependerá de cuál sea el plan —dijo Nuño volviendo su mirada hacia Barracuda.

Por primera vez, el Español estaba tan a oscuras como los demás sobre las intenciones del capitán.

Todos miramos también a Barracuda, que, como siempre, no movió un músculo. Allí, sentado al final de la mesa, con la luz de la chimenea iluminando su rostro desde abajo, y con la mano y el garfio apoyados en los brazos del sillón, yo pensé que en verdad parecía un rey (aunque, por supuesto, no se me ocurrió decirlo en voz alta).

—Todavía no lo veis, malditos ignorantes cegatos... —contestó, sonriendo de medio lado—. Desde que tomamos Tortuga, el Caribe está lleno de piratas que vagan por ahí sin un lugar donde refugiarse, tan asustados que hasta que los apresen les parecerá un alivio. La armada inglesa, la española o la portuguesa nunca habrán tenido más trabajo. Los entretendrán y, mientras, nosotros tendremos las manos libres para hacer lo que queramos. Después podremos volver aquí a descansar y a reírnos de todos ellos —nos echó a todos un lento vistazo–. Tenéis en vuestra mano el arma más poderosa y ni siquiera la veis –aquí hizo otra de sus pausas dramáticas y después prosiguió–. ¡El miedo, mentecatos! El miedo es el arma más poderosa. ¿Quién en todo el Caribe se atreverá a enfrentarse con una tripulación de muertos vivientes que busca almas para llevarlas a los tormentos del infierno? Nadie vendrá a este puerto mientras los muertos del *Cruz del Sur* habiten la isla –se removió en su silla–. Pero será mejor que empecemos a salir a la mar, o terminaré teniendo una tripulación de malditos cultivadores de tomates... ¡Y tú deja de romper cacharros, maldita sea!

Al otro lado de la sala, la Ballena se quedó inmóvil de golpe mientras otras tres jarras caían al suelo a su alrededor, sobre un montón de cascotes de barro que ya había en el suelo.

–Espero que ahora nadie se queje si os tengo que poner la bebida en un plato, como a los gatos –dijo el Tuerto–. ¡Y yo no pienso barrer eso!

Esa noche volvimos a poner mil estúpidas excusas para quedarnos todos en la posada. Arrumbados por aquí y por allá, dormimos, roncamos, hablamos y nos olieron los pies de nuevo a todos juntos.

Yo me dormí sonriendo, soñando con volver a salir a navegar, con sentir la brisa en la cara, con vivir aventuras y meternos en follones. Pero (como tantas veces en esta historia) lo que ocurrió nada tuvo que ver con nuestros planes. Porque al día siguiente la aventura vino a buscarnos a nosotros, directa a nuestra isla.

No creeréis lo que trajo el mar... y nuestra buena suerte.

9

Apenas amaneció, Nuño, Rodrigo, la Ballena y algunos hombres más fueron al norte a traer nuestro barco al puerto a fin de pertrecharlo para la travesía. Después de tanto tiempo anclado había que limpiarlo a base de bien, llenar la bodega de provisiones y revisar el armamento. Mucho trabajo, vaya.

Pasamos en esto todo el día. Los piratas no estamos acostumbrados a calcular lo que necesitamos para un viaje hasta volver a tierra, porque nunca tenemos que volver a ningún sitio. Esto era nuevo, y nos llevó tiempo y discusiones llegar a un acuerdo sobre cuánta agua, cuántas patatas, ron y carne teníamos que cargar. Por supuesto, a la Ballena todo le parecía poco.

Se nos hizo tardísimo para comer, y Boasnovas cumplió su amenaza: a muchos de nosotros nos sirvió la bebida en un plato. Cuando Erik se quejó, el Portugués Tuerto señaló a John, que dijo simplemente: «Los artistas somos unos incomprendidos».

Íbamos por el segundo plato cuando, de repente, oímos a nuestro vigía Dos Muelas gritar desde el campanario de la torre: «¡Barco a la vista!». Todos salimos a la calle, aún con las piernas de cordero en las manos, y empezamos a correr por las calles buscando qué hacer, qué cañones cargar, qué velas arriar y qué escotillas cerrar. Parecíamos pollos sin cabeza.

–¿Cuántos cañones, Dos Muelas? –preguntó Barracuda desde la puerta.

–Pues ninguno, capitán –respondió este a gritos–. Es una especie de chalupa. No van a bordo más de cinco personas... ¡Espere! ¡Han tirado algo por la borda! Es... es un fardo. ¡No! ¡Nada!

–¿No han tirado nada? –le preguntó Nuño desde debajo de la torre.

–¡No! –respondió Dos Muelas–. ¡Digo, sí! Quiero decir que han tirado algo que... ¡nada!

–¿Pero qué dices? –le gritó Rodrigo.

–¡Diantres! –se impacientó el vigía–. ¡Que viene nadando, digo! ¡Se acerca a la playa! ¡Es calvo! No, tiene pelo. ¡No, es calvo...! ¡Por mis barbas, capitán, parece un maldito fraile!

–¿Un fraile...? –dijo Barracuda–. ¡Pero qué diablos dices! ¿Un fraile... a nado?

–Que me caiga un rayo si miento –repuso Dos Muelas–. Hacia aquí viene. La chalupa se aleja, capitán.

Todos miramos a Barracuda, que paseaba nervioso sin decir aún nada.

−¿A qué narices vendrá un fraile a Tortuga? −preguntó, casi para sí, Nuño.

−¿Y qué más da? −intervino Malik−. ¡Quitémosle de en medio y ya está!

−No podemos matar a un fraile −dijo con voz cavernosa el Gato−. La mala suerte nos perseguiría hasta el fin de los ti...

−Ya, ya −le interrumpió Boasnovas−: todos los males de este mundo y del otro caerán sobre nuestras cabezas. ¿No te cansas de ser tan cenizo, Ruso?

−Será mejor que penséis en algo −dijo desde el campanario Dos Muelas−. No nada muy rápido, pero si no se ahoga, antes o después llegará a la playa.

Entonces, Barracuda gritó al fin:

−¡Tuerto, apaga los fogones! ¡Todos a la montaña! ¡Nos ocultaremos hasta que caiga la noche!

−Pero si es solo un hombre... ¡un fraile! −dijo Jack−. ¿Qué podría hacer? ¿Echarnos un responso?

−¿Y por qué escondernos? −intervino la Ballena−. Preguntémosle qué quiere y ya está. Yo no me he terminado el medio costillar, ¡y esta noche ya estará frío!

−Eres un estómago con patas, John −le dije yo.

−¿Habéis visto a algún espíritu −dijo el capitán apretando los dientes− que charle con los recién llegados a plena luz del día, masticando una costilla de cerdo? –luego elevó la voz–. Y Nuño tiene razón: no sabemos a qué viene, y nos conviene saberlo. ¡A la montaña he dicho!

Con la comida aún entre los dientes, salimos a la carrera de la ciudad. Ya en las afueras, Barracuda me agarró del brazo y me dijo:

–Chispas, quédate tú. Eres quien menos abulta de nosotros, conoces bien el pueblo y eres lista. No corras riesgos, pero vigila al fraile. Sobre todo, que no te vea. Luego me darás informe de lo que haga.

Yo me detuve y me hinché como un capón al horno por el hecho de que el capitán me asignase una misión tan importante. A la Ballena, que estaba a mi lado, no le hizo gracia el encargo.

–Pero, capitán –se quejó–, ¿ella sola? Deje que me quede yo también.

–Eres demasiado grande para pasar inadvertido, John –le respondió Barracuda–. Y no eres de fiar cuando tienes hambre. Ella lo hará bien.

Nada convencido, la Ballena se fue con los demás, aunque no me extrañaría que durante toda aquella tarde John se hubiera dedicado a vigilar a la que vigilaba al fraile.

Me tapé la cabeza con un pañuelo que llevaba anudado al cuello, porque mi pelo rojo destellaba al sol como un farol, y me acerqué con cautela hasta la playa donde, con no poca dificultad, arribó al fin nuestro inesperado visitante.

Llegó exhausto, arrastrándose por la arena como un caracol. Era un tipo más bien joven, de unos veintitantos años, delgado y bajito, con el pelo cortado a tazón y rapado en lo alto de la cabeza, tal y como hacían los frailes. Llevaba hábito de jesuita y, atado a la espalda, un fardo bastante grande; no me extrañó que no pudiera nadar con ese peso. Apenas consiguió ponerse en pie, se lo soltó y sacó de él un crucifijo. Con él en una mano señalando a todas partes como si se tratara de un arma, y con el fardo en la otra, salió de la playa y avanzó hacia la ciudad.

Decir que el fraile tenía miedo sería quedarme muy corta. Estaba tan asustado que yo podía saber por dónde iba siguiendo el sonido de sus dientes al entrechocar. Iba murmurando algo –seguramente rezaba– y llevaba los ojos tan abiertos que parecía que se le iban a esconder debajo del flequillo.

Despacio, fue recorriendo las calles de la ciudad hasta llegar a la plaza. Allí se colocó en el centro y se arrodilló, levantando la cruz que llevaba en la mano. Dijo bajito algunas cosas y después añadió en voz alta, pero entrecortada por el temor:

–¡En el nombre de Dios, os conmino a que os marchéis de este lugar! ¡Espíritus atormentados, pasad al otro mundo! ¡Cadáveres sin reposo, regresad a vuestras tumbas! ¡Muertos del *Cruz del Sur*, quedaos para siempre en el fondo del mar!

Después –claro– se hizo un silencio sepulcral. A ese pobre hombre solo podía haberle contestado yo, y estaba claro que yo no iba a decirle nada.

Entonces se puso en pie, sacó del fardo un recipiente plateado y, con una especie de palo también plateado, fue echando gotitas de agua por aquí y por allá mientras murmuraba de nuevo entre dientes. Se acercó mucho adonde yo estaba escondida detrás de un carro, y justo a mi lado volvió a arrodillarse y levantó los brazos. Yo ya tenía claro qué hacía allí el fraile y quería ir a darle noticias a Barracuda, así que cuando preguntó en voz alta:

–¿Qué buscáis aquí, almas perdidas?

Yo me acerqué un poquito por detrás de él y le dije con voz grave, justo al lado de su nuca:

–Tu alma inmortal, jesuita.

Cayó fulminado al suelo como si le hubieran dado con una maza. Salí de mi escondite y le miré más de cerca, inconsciente a mis pies y con la boca abierta. Empezaba a anochecer, así que me di prisa para subir a la montaña que daba nombre a la isla en busca de mis compañeros. Llegué sin aliento, y Barracuda salió a mi encuentro.

–Es... –dije jadeando por la carrera– es un fraile, efectivamente. Una especie de exorcista que ha venido a llevarnos en paz al otro mundo. Ha estado rezando y echando agua bendita por todo el pueblo.

—¿Y lo has dejado solo? —me preguntó Nuño.

—Sí —le respondí—. Pero duerme como un bendito, nunca mejor dicho. Le he dado un buen susto y está frito en medio de la plaza.

El capitán dijo solo «Bien» y echó a andar montaña abajo, hacia la ciudad.

Cuando el pobre fraile despertó, casi dos horas después, nosotros habíamos montado a su alrededor el infierno en la tierra. Habíamos encendido hogueras aquí y allá en la ciudad, vestíamos nuestros peores harapos negros y habíamos manchado nuestras caras y nuestros cabellos con tierra. El pobre abrió los ojos y se vio rodeado de un montón de figuras espectrales que le miraban fijamente. La luz de los fuegos iluminaba nuestras siluetas en la noche, y la brisa nocturna del Caribe movía los jirones de nuestra ropa. Cuando consiguió incorporarse un poco, yo pensé que se desmayaría de nuevo; tal era el terror que había en su cara. Tras unos instantes de dramático silencio, Barracuda se le acercó.

—¿A qué ha venido a este lugar maldito un hombre de Dios? —le preguntó con voz cavernosa—. Poco aprecias tu alma, fraile, si has llegado hasta aquí.

—¡Atrás! —dijo el pobre hombre temblando como una hoja mientras buscaba a tientas la cruz, que estaba en el suelo a su lado. Cuando la encontró, la puso entre él y el capitán–. ¡Atrás! ¡En el nombre de todo lo sagrado! ¡La cruz te obliga! ¡Vuelve a tu tumba, espectro del averno!

–No te será tan fácil –le respondió el capitán sonriendo con todos los dientes–. Estos muertos no se dejan amedrentar por conjuros. ¿Qué diablos buscas aquí, desgraciado? ¡Responde, mortal!

El fraile sudaba a mares y temblaba, febril por el remojón y el susto. El pobre casi se atraganta con su propia saliva antes de responder a toda velocidad:

–¡Me... me han obligado! ¡Los piratas que antes vivían aquí! ¡Me hicieron prisionero en el barco en el que yo iba hacia España, y me han obligado a venir a echaros de su isla! ¡Me tiraron de la chalupa frente a la playa, y solo pude nadar hasta aquí! ¡Dejad que me vaya! ¡A mí qué me importa quién viva en este nido de truhanes! ¡Dejadme un bote y volveré remando al continente! ¡El rey de España me espera; esa es mi misión!

Entonces Nuño le dijo algo al oído al capitán, que asintió casi imperceptiblemente. Yo me di cuenta de que el fraile –asustado y todo– no desamparaba el fardo que había traído hasta la playa atado a su espalda, y, por el otro oído, eso fue lo que le dije a Barracuda.

–Así que te han mandado a exorcizarnos de esta isla –dijo despacio Barracuda tras unos instantes–.

Mala elección, fraile; deberías haber nadado mar adentro. Allí, tal vez un tiburón te habría robado un brazo o una pierna. Aquí, sin embargo, vas a perder tu alma eterna...

Y no pudo decir nada más, porque aquel tipo bajito y flacucho primero abrió los ojos de par en par, luego empezó a guiñar el izquierdo de forma compulsiva y, por último, cruzó las manos, se puso en pie y echó a correr hacia el monte como alma que lleva el diablo (nunca mejor dicho). En un periquete se perdió en la oscuridad, con los brazos en alto, y durante toda esa noche pudimos escuchar sus gritos en la montaña. A veces se callaba un rato, pero luego volvían los alaridos y los lamentos. Seguramente, el pánico y la fiebre tenían al pobre fraile viendo espectros por el campo, aunque todos nosotros estábamos abajo, en el pueblo, cenando tan ricamente.

El miedo, amigos, nubla la mente y hace ver cosas que no existen. El pobre fraile perdió el juicio por ello, allí en la montaña. Ahora éramos en aquella isla cincuenta y cuatro espectros piratas y un loco perdido en la maleza.

Buen padrón para el reino del gran Barracuda, rey muerto de Tortuga.

10

Durante la cena, nos reímos hasta reventar del pobre fraile, o de su pavor, más bien. Repasábamos las caras que había puesto, como le temblaba el ojo y cómo sudaba el desgraciado. De vez en cuando, sus gritos nos llegaban desde lejos y nos moríamos de risa. Él, desde su montaña, sin duda escuchaba nuestras risotadas, y eso debía aterrorizarle aún más.

Barracuda y Nuño no estaban: se habían ido a la Casa Principal con el fardo que el religioso no soltó hasta el último momento. No habíamos terminado de cenar cuando la puerta se abrió y el capitán entró en el mesón, seguido del Español. Llevaba en la mano un pergamino atado con una cinta roja y lacrado también en rojo con lo que parecía un sello, que ahora estaba abierto.

Sonreía. Y cuando Barracuda sonreía así, algo bueno (pero que muy bueno) estaba a punto de ocurrir.

–Dejad de comer como cebones –dijo.

–¿Pero por qué? –saltó la Ballena, agobiado–. ¡Si aún no hemos comido casi nada! Hemos estado casi todo el rato hablando y riéndonos del fraile.

–Esto –repuso el capitán levantando el pergamino– os quitará el hambre.

–Lo dudo mucho... –dijo por lo bajini Jack el Cojo.

–Tengo en mi mano –prosiguió Barracuda– nuestra nueva vida, malditos tragaldabas. Este papel cambiará para siempre nuestra suerte –luego empezó a mirar por todo el salón–. ¿Dónde está el viejo Dos Muelas?

Las miradas de todos le señalaron, al fondo de la sala, ajeno a todo mientras se empujaba garganta abajo medio pollo.

–¿Qué...? –preguntó cuando vio que todos le mirábamos–. ¿Qué pasa?

–¡Mi buen Antón! –le dijo Barracuda, llamándole de improviso por su verdadero nombre. Luego fue adonde estaba y, ante el pasmo de todos, lo levantó de un abrazo de la silla–. ¡Cuánto te debemos!

–¿A... a mí? –repuso él, extrañado y apachurrado entre los brazos del capitán.

–¡A ti, querido amigo! –le soltó y abrió el pergamino–. Hace no mucho, yo habría tirado este papel sin saber lo que en él ponía, como si fuera algo inservible. Pero gracias a ti aprendimos esto de leer...

¡Y he aquí que este es el tercer tesoro que la lectura nos trae a las narices! ¿Pero cómo los otros piratas no se han dado cuenta todavía de lo útil que es saber leer?

–¿Un tesoro? –pregunté yo, oliendo ya el oro y la aventura.

–¡El más grande, camaradas! –contestó Nuño al lado del capitán, que nos miraba con media sonrisa y el garfio apoyado en la mesa–. ¡Nadie ha visto tantas riquezas juntas en esta ni en otra vida!–. Varias toneladas de oro y piedras preciosas: ¡el oro de los indios del Perú!

Nos quedamos todos boquiabiertos. Algo habíamos oído sobre ese tesoro requisado por los españoles a los incas, unos indígenas que habitaban en ciudades construidas en las cimas de altísimas montañas. Pero todo el mundo creía que eso era un cuento como lo de la ciudad de El Dorado, tras cuya leyenda se habían perdido muchos hombres.

–Pero ¿eso no era una patraña? –dijo en nombre de casi todos Erik el Belga–. Nadie ha visto ese botín, aunque en todas las tabernas hay alguien que saca el tema. ¡Bah, es un chisme para avariciosos!

–Y sin embargo –continuó Barracuda sin inmutarse–, yo digo que es cierto. El oro del Perú existe. Es más –levantó de nuevo el pergamino–, aquí dice dónde está.

Nuño se sentó en la mesa, abrió un mapa que llevaba metido entre los botones de la chaqueta y nos lo explicó.

—El fraile que apresaron los piratas de Tortuga viajaba a España con ese pergamino. En él, el gobernador de Puerto Rico le manda al monarca español un informe de lo más extraño —Barracuda le dio el documento—. Parece escrito en clave. Escuchad: «Tal y como Su Majestad me encargó, he encontrado y recogido las telas andinas que Su Majestad desea. Ya salieron de Cartagena, donde las retuve un tiempo prudencial, y ahora están en mi poder en la isla de Puerto Rico. Están preparadas para su envío y, en cuanto el momento sea propicio, saldrán para España. Confíe en mí, Majestad; conviene esperar un poco a que se acallen los rumores, por lo que ocultar las telas un tiempo será una buena idea. Su Majestad, como siempre, tenía razón: con esas telas cubriremos sobradamente las necesidades de nuestras tropas. Su devoto servidor, Fernando de la Riva-Agüero y Setién, gobernador por la gracia de Su Majestad de Cartagena de las Indias y de Puerto Rico».

—¿Telas? —preguntó con cara de asco Boasnovas—. ¿Vamos a robar un cargamento de telas?

—Vamos —dijo Barracuda con una sonrisa aún mayor—; os dejaré pensar un poco más...

–Este papel no habla de eso –dije yo tras unos segundos de reflexión–. ¿Telas andinas? Las telas que tejen los incas son ásperas y para nada del gusto de las cortes europeas, que se mueren por los brocados y los encajes parisinos refinados y ligeros. Nadie allí quiere esos tejidos. Y luego, eso de «cubriremos de sobra las necesidades de nuestras tropas...». ¿Acaso el rey de España va a vestir a sus soldados con ponchos de lana de vicuña? Todo el mundo sabe que lo que necesitan las armadas europeas es oro para pagar a sus soldados y financiar el apetito guerrero de sus monarcas.

–Premio para la señorita –dijo Barracuda sin dejar de sonreír, y yo me sentí muy orgullosa.

–Además –continuó Nuño–, hasta ahora nadie sabía cómo podían haber sacado tal cantidad de oro del Perú sin que nadie lo interceptase. Y eso queda claro también en este pergamino. En primer lugar, el rey de España nombró al tal Fernando de la Riva corregidor de San Miguel de Piura, en el Perú. Allí debió encontrar el oro de los incas. Después lo nombró gobernador de Puerto Rico y de Cartagena de Indias. Así pudo sacar el oro desde el Perú a través de Colombia, por terrenos que él controlaba, y llevarlo a Puerto Rico a esperar para embarcarlo rumbo a España. Todo cuadra, y no puede ser casualidad...

–¿Y esto –preguntó Jack el Cojo señalando afuera– lo sabía ese pobre desgraciado que grita en el monte?

–No creo –contestó el Español–. No había abierto la carta; el sello estaba intacto. Al fraile solo debieron decirle que tenía que llevarle una misiva al rey. No hacía falta explicarle nada más; así sería un mensajero que no despertaría sospechas. Pero tuvo la mala suerte de ser apresado por piratas apenas salió de puerto, y después, la buena suerte nos lo trajo a la playa como si de una paloma mensajera se tratase.

En ese preciso instante, como si supiera que estábamos hablando de él, el fraile gritó en la lejanía y todos nos echamos a reír.

–Alguien debería ir a por ese pobre diablo –dijo llorando de risa Erik el Belga–. Va a espantar a todas las gaviotas que anidan en la isla.

–Nadie irá a por el fraile –respondió en serio Barracuda–. ¿Qué le diríamos para calmarle? ¿Que somos unos farsantes? Entonces sí que tendríamos que matarle, y yo no mato ni locos ni frailes. Antes de irnos, John le llevará a la montaña algunos víveres. Déjaselos en alto para que no se los coman los animales, pero en un lugar donde los encuentre. Cuando regresemos, veremos qué hacemos con él.

–¿Y adónde vamos? –preguntó sin necesidad ninguna Malik el Negro.

Entonces Barracuda trajo hacia él el mapa de Nuño y clavó su garfio en un punto preciso del mar Caribe.

—A Puerto Rico —dijo sin que se borrara su sonrisa—. Allí nos haremos con el tesoro más grande que nadie, pirata o rey, ha visto jamás.

—Ese oro está maldito —auguró, cómo no, Gato el Ruso—. Los dioses incas nos perseguirán y...

—¡Y nos matarán a todos y nuestras almas arderán en el infierno! —dijimos los demás a coro.

—Ruso —le preguntó Rodrigo, muy en serio—, ¿no has pensado que deberías tal vez dedicarte a otra cosa? La vida de pirata parece demasiado estresante para ti.

El Gato volvió a callarse (hasta la noche, al menos) y Boasnovas tomó la palabra:

—Pero digo yo, capitán, que ese oro estará custodiado por mil hombres. ¿Qué vamos a hacer cincuenta y cuatro piratas contra un destacamento español?

Barracuda volvió a enseñarnos los dientes en una sonrisa enigmática.

—No será así. ¿Cómo va a poner mil hombres el gobernador de Puerto Rico a custodiar un cargamento de telas? Seguramente lo tiene en algún lugar pequeño y no muy importante, con un puñado de guardias que no saben lo que custodian, para no levantar sospechas. Yo lo haría así, y no hay que presuponer que el enemigo es menos listo que tú. Ese es el camino más recto al fracaso: subestimar al contrincante —volvió a elevar la voz—. ¡Los muertos del *Cruz del Sur* visitarán la isla de Puerto Rico!

Hacia allí partimos, amigos, al mismo rayar el día siguiente, a toda vela y con ganas de aventuras que nos librasen de la vida de campesino.

No hicieron falta muchas pesquisas para averiguar el lugar donde habían aumentado levemente los soldados y las guardias. Como ya sabéis (lo sabéis ya, sí), Barracuda llevaba razón, y el plan fue un éxito clamoroso.

Allí nos esperaban (lo habéis adivinado, seguro) Lope Villegas y Raimundo Andrade, soldados del primer batallón de la infantería española que custodiaban la puerta oeste del San Juan de la Cruz, una pequeña fortificación en la isla de Cabras frente a la ciudad de San Juan, al otro lado del río Bayamón.

Pero entonces, mientras navegábamos rumbo norte, los dos soldados no podían ni imaginarse que, en algo más de tres días, se habían de topar frente a frente con un montón de muertos vivientes..

¡Pobres...!

10

En la vuelta desde Puerto Rico, os puedo asegurar que éramos el montón de muertos más felices que nadie ha visto jamás (si es que alguien ha visto alguna vez algo semejante). Con la bodega a rebosar de piezas de oro y piedras preciosas, nuestro junco navegaba con la línea de flotación más baja que nunca.

No nos llevamos del fuerte de San Juan de la Cruz todo lo que había, porque para eso hubiéramos tenido que pasar allí tres días haciendo viajes de carga a la bodega de *La Pluma*, pero aun así, nuestro barco parecía un pavo relleno de reluciente metal amarillo.

Como ya nos conocéis, no os extrañará saber que nos pasamos casi toda la travesía de fiesta rigurosa. Menos mal que el viento inflaba las velas sin nuestra ayuda, porque si no, no nos hubiéramos movido del sitio. El Tuerto sacó su acordeón, y cantamos como animales hasta quedar afónicos. Erik y la Ballena jugaron a lanzarse a Dos Muelas dentro de su red, colgado como estaba del palo mayor, y él se reía como un loco. Nuño y su hermano Rodrigo bailaron una zarabanda española zapateando la cubierta como si estuvieran apagando un fuego invisible. Hasta Gato el Ruso se arrancó con un baile en cuclillas mientras daba patadas, ahora con una pierna, ahora con la otra. Yo lo bailaba y lo cantaba todo; sin mucho acierto, esa es la verdad, porque desafino como una burra sorda y me caí de culo varias veces intentando imitar al Ruso. Pero la felicidad es así de inconsciente.

He de decir en nuestro honor que las fiestas habían subido bastante de nivel desde que nos habíamos convertido en lectores asiduos. Así que no os extrañe leer que de repente, cuando todos estábamos ya por los suelos de bailar, Jack el Cojo se arrancó a recitar:

Sueña el rey que es rey, y vive
con este engaño mandando,
disponiendo y gobernando;
y este aplauso, que recibe
prestado, en el viento escribe
y en cenizas le convierte
la muerte, ¡desdicha fuerte!
¿Que hay quien intente reinar
viendo que ha de despertar
en el sueño de la muerte?

Yo sueño que estoy aquí,
de estas prisiones cargado,
y soñé que en otro estado
más lisonjero me vi.
¿Qué es la vida? Un frenesí.
¿Qué es la vida? Una ilusión.
Una sombra, una ficción.
Y el mayor bien es pequeño,
que toda la vida es sueño,
y los sueños, sueños son.

Y todos aplaudíamos a rabiar, maravillados por las palabras del gran Calderón de la Barca. «Toda la vida es sueño...». «Pues si todo esto lo es –pensaba yo–, al menos que no nos despierten todavía».

Llegamos tarde a Tortuga. Quiero decir que empleamos en la travesía de vuelta mucho más tiempo que en la de ida, porque con la jarana y el baileteo, muchas veces nos salíamos del rumbo y creo que hicimos algunas millas de más. Pero ¿qué rico tiene prisa? ¡Ninguno, amigos! Y nosotros volvimos (de nuevo, que no era la primera vez) ricos hasta las cejas.

Atardecía cuando llegamos, y la isla nos recibió en silencio y oscuridad absolutos. No habíamos faltado mucho tiempo de allí, aunque cabía la posibilidad de que algún incrédulo o algún despistado hubiera ocupado Tortuga en nuestra ausencia. Pero no; aquello estaba más vacío que las pobres tripas de la Ballena, que gruñían a toda hora anunciando su llegada a cualquier sitio.

Desembarcamos y, ya en la playa, no habíamos dado ni veinte pasos cuando Barracuda (que iba el primero) se paró en seco, extendió su brazo izquierdo hacia un lado y todos nos detuvimos. Con la mano derecha señaló unas huellas en la arena, como si alguien hubiera arrastrado un pequeño bote. Nos pusimos alerta.

Los espectros no tienen por qué ser sigilosos, pero como nosotros lo éramos de pega, pues avanzamos desde la playa más alertas que cincuenta y cuatro sardinas nadando entre delfines.

No se oía ni se veía un alma en Tortuga. Al pasar junto a las primeras casas de la ciudad, un alarido espeluznante nos juntó a todos en un montón detrás del capitán. Enseguida nos dimos cuenta de que esa no era forma de actuar para un grupo de temibles piratas muertos, y nos separamos. Pero si me preguntáis si nos asustamos, pues la respuesta es que sí.

Otro alarido cruzó la noche, y todos volvimos a sobresaltarnos.

–Es el maldito fraile –dijo Barracuda–. ¡Dejad de amontonaros como garbanzos en un cuenco! ¡Dais vergüenza!

Era verdad: con el viaje, el robo, el oro y la jarana, a casi todos se nos había olvidado que habíamos dejado en nuestra isla a aquel pobre hombre, gritando despavorido ante su propia sombra allá en la montaña.

Pero, de repente, escuchamos claramente un ruido mucho más cercano en una de las calles que daban a la plaza. Eran, sin duda, un sonoro portazo y pasos a la carrera.

Había, amigos, alguien más en la isla de la Tortuga.

El capitán desenfundó su espada, y todos tras él. Cuando llegamos al lugar (todo lo silenciosamente que pueden andar cincuenta y cuatro piratas armados), casi se había extinguido la luz del día. Entonces, al otro lado de la plaza, una sombra corrió bajo el soportal de una casa y desapareció en la oscuridad de un callejón. Barracuda echó a correr sin dudarlo hacia ella, y en ese preciso instante, el fraile gritó a lo lejos de nuevo. Yo (a qué mentir, que ya nos conocemos) me asusté de veras. La ciudad desierta, ni una luz en toda la isla y los alaridos del fraile montañés me tenían los pelos como clavos de carreta.

Pero, como en otras ocasiones, ver a nuestro capitán encarar así el peligro, sin ordenar que le siguiéramos ni mirar hacia atrás siquiera, te hacía crecerte e ir con él adonde fuese. De modo que toda su tripulación apretamos los dientes, echamos mano a nuestras armas y le seguimos a la carrera. Mi amigo John –como siempre– se puso a mi lado sin decir palabra.

El callejón no tenía salida, así que a quien fuera que se había metido allí más le valía saber volar o atravesar paredes; si no, la única forma de salir de donde estaba era volviendo sobre sus pasos y cruzando entre nosotros. Barracuda se plantó en medio de la calzada, con las piernas abiertas y el arma en alto.

–¡Seas quien seas –gritó alto y claro en la semioscuridad–, más te vale dar la cara aquí y ahora! ¡Ha caído la noche, y este es el territorio de los espectros del *Cruz*! ¡No sé quién te ha aconsejado venir a esta isla de muertos, pero vive Dios que, antes de que salga el sol, te arrepentirás de no haberte arrancado las orejas antes de escuchar tal recomendación!

–¡Jo, qué bien habla! –dijo en un susurro Erik el Belga–. ¡Qué envidia de hombre!

–¡Sal y da la cara, maldita, infernal y terrible sombra espectral! –se envalentonó a gritos el Cojo en medio del grupo, acabando con toda la tensión del momento, y luego añadió también en voz alta–: ¡Chispas, apunta esa, que me gusta!

–¿Sombra espectral? –le preguntó Boasnovas, bajito–. ¿Los espectros no somos nosotros?

–Es una licencia literaria –respondió Jack–. Como no lo hemos visto bien y era así como una sombra...

–¡Pero no vale apropiarse de los mejores adjetivos! –protestó muy en serio Malik el Negro–. Si tú dices «maldita, infernal y terrible» en una sola frase, ¡a ver qué cuernos decimos los demás!

–Pues que los reparta la niña luego –intervino Dos Muelas–. Nos pone uno a cada uno y tan contentos.

–¡Nada de eso! –protestó el Cojo–. ¡No pienso ceder ningún adjetivo hasta que no se me asegure que lo de «voto a bríos» se ha borrado del libro!

–¡Justicia! –volvió a decir el Gato–. ¡Justicia y maldición!

Yo estaba boquiabierta. Miré a Barracuda, que se había vuelto hacia nosotros. Y pude ver, a pesar de la oscuridad, que sus ojos echaban chispas de rabia y de furia, y que apretaba el puño de su espada de tal forma que la hoja temblaba en el aire como si la moviera un terremoto.

–Al próximo patán que abra la boca –dijo masticando cada sílaba–, juro que lo voy a pasar por la quilla hasta que le salgan branquias. ¡Maldita sea mi estampa! ¡Tengo la tripulación más idiota de aquí a Maracaibo!

Nos callamos de golpe (¡a ver, si no!). Y fue en ese momento cuando una voz con un acento que me resultó familiar dijo desde el otro lado del callejón:

–¡Yo vengo en paz! ¡No tiene armas yo! Tú Barracuda, ¿sí?

Todos nos volvimos hacia el lugar desde donde hablaba.

–¡Soy el espectro de Barracuda! –respondió el capitán a gritos–. ¿Quién me busca? ¿Quién quiere visitar el infierno conmigo?

–¡Tú no muerto! –siguió la voz–. ¡Yo sé! ¡Ninguno muerto! ¡No hay espectros aquí, yo sé eso! ¡Y no busco tú! ¡Busco otra! ¿Niña Chispas está con tú?

Todos me miraron, y la Ballena se colocó delante de mí con los puños apretados y listos para repartir lo que hiciera falta.

12

De la oscuridad no salió un espectro, ni una sombra misteriosa, ni el gobernador de Puerto Rico en busca de su oro, ni siquiera cualquier otro enemigo que un pirata pudiera tener. Del fondo de aquel callejón salió... un chino bajito que temblaba como una hoja.

–¡No dispara! –dijo, haciendo mil y una reverencias con las manos en alto como si llevase un muelle en los riñones–. ¡No! ¡Paz! ¡Paz! ¡Paz, por favor!

–¡Que me maten! –dijo el Portugués, sorprendido–. ¿Cómo ha llegado este hasta aquí? ¿Lo traíamos en la bodega sin saberlo?

El pobre chino bailaba de miedo como si tuviera prisa por ir a la letrina. Era un hombre delgado de mediana edad, con los pómulos muy marcados y la boca chiquita, e iba vestido con una túnica oscura y un gorrito del que salía una larga trenza. Seguía doblando el lomo como si estuviera plantando ajos.

—Deja de hacer eso –le dijo Barracuda– y mírame a la cara. ¿Qué quieres, tan lejos de tu casa? ¿Y de qué nos conoces? ¿Estás tú solo, o hay más chinos esperando para emboscarnos?

—¡No, no! –respondió él mientras se retorcía las manos–. ¡Solo mandan yo!

—¿Y por qué buscas a Chispas? –dijo John mientras me ocultaba detrás de su espalda–. ¡Si vienes en nombre de Fung Tao, te voy a tirar las muelas al suelo!

—¿Fung... Tao? –preguntó el hombre muy sorprendido–. No, no. Yo artista. Pinta en corte. Yo trae carta personal para la niña Chispas de Su Majestad Imperial Señor de los Mil Años, Señor del Cielo, Emperador de toda la China. Solo para ella.

—¿Una carta... de Shunzhi? –pregunté saliendo de detrás de la enorme mole de la Ballena.

—Ese su nombre –respondió el hombre, más tranquilo al escuchar que yo sabía de quién nos hablaba–, aunque yo no tiene permiso para usar.

Quise acercarme, pero Barracuda me detuvo agarrándome del brazo.

—Danos la carta –dijo desconfiado.

—Yo tiene asegurar ella es quien busco.

—Yo soy Chispas –le respondí.

Entonces, aquel hombre menudo dio unos pasos hasta ponerse justo delante de mí. De un hatillo que llevaba, sacó una especie de quinqué y lo encendió con un pequeño artilugio que produjo una chispa. Me acercó la luz, me miró de arriba abajo, tocó mi trenza y se detuvo en cada uno de mis ojos.

–Así describe mi emperador a tú –continuó mientras examinaba mis pecas como si las estuviera contando–. No difícil, aunque necesita mucha tinta marrón yo...

–¿Tinta marrón? –pregunté, y él me tendió una caja plateada que relucía a la luz de la llama, bellamente decorada y cerrada con un cinta roja y el sello del emperador.

–Para tú, niña Chispas.

Recogí la caja que me ofrecía, con tanta ilusión como sorpresa. En ese momento, el capitán dijo:

–¿Y cómo nos has encontrado desde China?

–Yo llegué hace días. En todos puertos hablan muertos Barracuda; no dije nadie, pero yo sé vosotros vivos. No miedo yo. Todos en Ciudad Prohibida sabe historia piratas ojos redondos. No, muertos sé no; emperador no envía mí busco muertos tan lejos.

Nuestra *Pluma Roja* permanecía en la playa, rellena de oro, y eso ponía nerviosos a los hombres.

–¿Y quién nos asegura –intervino Erik– que este no ha cantado antes de llegar... o que no va a hacerlo al irse?

—¡Yo no canta! —dijo, muy preocupado, aquel hombre—. ¡Yo pinta!

—¿Y para qué cuernos manda el emperador un pintor con una carta? —preguntó realmente sorprendido Jack el Cojo.

—No os pongáis nerviosos —intervino Barracuda mirando fijamente al recién llegado—. Dejémosle explicarse; un solo chino de metro y medio no parece un enemigo peligroso... por ahora.

—Esto... —dijo entonces, como excusándose, John—. Yo tengo hambre.

Esa sola frase nos puso en marcha hacia la posada. El emisario caminaba entre la Ballena, Erik el Belga y Barracuda, que lo escoltaban como tres montañas recelosas.

El pobre hombre los miraba desde abajo, nervioso, haciendo reverencias sin cesar con las manos entrelazadas.

Al llegar, impaciente como estaba por leer la carta de mi amigo el emperador, me senté a una mesa y, mientras los demás encendían velas y faroles, rompí el sello del emperador y abrí la caja deslizando la tapa hacia un lado.

Ya se oía ruido de cacerolas en la cocina, pero todos me observaban de reojo. Así que, como en nuestra familia pirata no había secretos, leí en voz alta:

Hola, niña Chispas:

Ha pasado más de un año desde que tú y el resto de tus amigos partisteis de China. Exactamente cuatrocientos treinta y dos días al envío de esta carta. Lo sé porque llevo la cuenta en un pergamino especial donde marco cada día hasta que se cumpla tu promesa de vernos de nuevo. Pero pasa el tiempo: dentro de poco, el pergamino estará lleno de marcas de tinta y yo tendré que empezar otro. No quiero empezar otro.

Supongo que la vida de pirata es ajetreada y llena de peligros, y que los viajes y mil aventuras te tienen ocupada. La vida en la Ciudad Prohibida, sin embargo, transcurre sin sobresaltos. Los días son tan iguales unos a otros que a menudo tengo la sensación de que el tiempo no pasa, de que estoy atrapado en la misma hoja de un libro que cuenta una y otra vez la misma historia. No se me permite salir de aquí, y ahora que sé cuántas cosas hay fuera de estos muros, me siento como una de esas aves enjauladas que llenan el palacio.

Todo esto te lo digo a ti, niña, porque a mi tío Dorgon no puedo contarle estas cosas sin que me recite, sin cambiar una palabra, toda la lista de deberes de un emperador de la China. La abuela me pide paciencia, y sé que ese es mi deber, pero cada noche sueño que me embarco contigo en un galeón español y cruzo el mar en busca de otra vida.

A cualquiera esto le parecerá increíble; soy un emperador que vive en un enorme palacio, tengo más riquezas de las que nadie podría contar en varias vidas, cientos de criados que cumplen todos mis deseos… y sin embargo, estoy lejos de ser feliz.

He intentado traer otros niños de mi edad a pasar algunos días conmigo aquí, en la Ciudad Prohibida, pero no ha resultado como yo quería. El temor que les impongo los paraliza; son incapaces de mirarme a la cara o jugar conmigo a nada, y cuando lo hacen me dejan ganar a todo de forma tan burda que a veces me enfado, y entonces se

asustan más, hasta el punto de llorar o incluso mojar sus pantalones.

Así que, Chispas, si tus muchos quehaceres de pirata te lo permiten, te agradecería que no dejaras que el pergamino se llenase de marcas negras de tinta sin que vinieras a verme.

Mientras llega ese día, te envío un retrato mío para que te sea más difícil olvidarme. Y lo hago con mi buen Tian Fei, pintor de la corte, para que él, a su vez, te haga un retrato para mí.

¿Harías eso por tu amigo Shunzhi, mientras nos reunimos de nuevo?

¡El mundo no puede ser tan grande!

Tu buen amigo,

Shunzhi, emperador triste de toda la China.

Saqué del fondo de la caja un paquetito bellamente envuelto en una tela blanca de seda. Al desliarlo, la cara de Shunzhi apareció en la palma de mi mano, sonriente, dentro de un medallón de oro. Se notaba que había dado un buen estirón: sus mejillas no eran tan gorditas como cuando nos vimos, allá en China, pero sus ojos tenían la misma vivacidad que yo recordaba.

Todos mis compañeros me miraban sorprendidos.

–¡Vaya! –me dijo Nuño desde su silla–. Eso es un raro honor. No mucha gente debe tener un retrato del emperador.

–Nadie –respondió el tal Tian Fei–. Nadie tiene. Solo niña pelo rojo. ¿Puede ahora yo pintar?

–¿Ahora? –dije yo, sorprendida.

–Sí, por favor –respondió el pintor–. Yo debe vuelve pronto China. Emperador espera mí, y emperador no debe espera.

–Bueno –contesté, arreglándome un poco el pelo de loca que el viaje desde Puerto Rico y la fiesta de a bordo me habían dejado–, pues vale.

Si mi vida hubiera sido una vida corriente, de las que viven las niñas en todas las casas corrientes del mundo, aquello habría sido, sin duda, un momento raro y notable: posar para un pintor de la corte imperial china, mientras mi enorme familia de piratas zampaba ruidosamente en una isla pirata con un monje silvestre y aullador.

Pero para mí esas cosas ya eran normales. Como bien sabéis, a lo largo de esta historia he pasado por tantos cambios y situaciones extrañas que lo raro sería que algo de lo que me sucede no fuera singular. Así que allí me senté, junto a la chimenea encendida, con la trenza cayendo sobre mi hombro, sonriendo mientras aquel hombre venido del otro lado del mundo sacaba de su hatillo un trocito circular de madera pulida y brillante, una cajita con muchos pinceles finísimos y otra llena de tarritos de tinta de muchos colores.

Durante gran parte de la noche, Tian Fei pintó con una rapidez increíble, sin descansar ni hablar, concentrado en aquella minúscula tabla redonda. A mí me venció el sueño un par de veces, y entonces él me decía: «¡Niña, no cierra ojos!», o murmuraba: «Marrón, mucho marrón».

Clareaba ya el día cuando, por fin, aquel hombre (manchado de tinta de muchos colores) suspiró y dijo algo en chino que debía significar «¡Terminé!», porque se puso a recoger todos sus trastos.

En ese instante, nuestro fraile gritó a lo lejos y el pintor se sobresaltó.

—¡La voz de la montaña! —dijo señalando en esa dirección—. Todo tiempo grita. ¡Son espíritus del bosque!

—¿Eso? —le dije sonriendo—. ¡Qué va! Es un fraile que... —«Demasiada explicación», pensé para mí—. Nada peligroso, tranquilo.

Entonces él se me acercó y me dijo bajito:

–No bueno que la noche acabe en gritos de miedo. No bueno. Eso llama espíritus negros que buscan desgracia. Liberad espíritu montaña o su voz atrae desgracia a esta isla.

Yo, que no soy nada supersticiosa, sonreí y sacudí la cabeza pensando que aquel hombre no tenía ni idea de que nuestra buena vida (llena de riquezas) estaba a punto de empezar. El cansancio me venció en pocos minutos, y soñé que corría por los jardines de la Ciudad Prohibida con Shunzhi. Un perro enorme nos perseguía, con la boca llena de dientes abierta y babeando, aunque solo parecía interesado en mí.

Me desperté sudando antes de mediodía. El pintor ya se preparaba para dejar la isla en el mismo bote que lo había traído. Entonces pensé que me faltaba por hacer una cosa importante antes de que se fuera. Arranqué una de las hojas de mi cuaderno y en ella garabateé a toda prisa unas palabras para mi amigo Shunzhi. Le dije que, por supuesto, no le había olvidado y que mi promesa seguía en pie. Y no pude poner mucho más porque Tian Fei debía aprovechar la marea para salir de la isla y el tiempo apremiaba. Antes de que se marchara, le pedí ver mi retrato. Allí, sobre la mano de ese hombre, casi no me reconocía; parecía mayor y me costaba reconocer a Chispas en aquella cara pecosa, en aquel pelo largo y rizado.

–¡Es exacto a ti! –dijo John a mi lado, sin embargo–. ¡Parece que fueras a hablarme!

–Escúchame –le dijo Barracuda a Tian Fei–: sales de aquí con vida porque yo nunca olvido un favor, y a tu emperador le debo uno muy grande. No hables con nadie de esta isla ni menciones que nos has visto. Ve en paz.

El pintor volvió a inclinarse varias veces y después subió a la barca. Mientras la Ballena y Rodrigo la empujaban al agua, volvieron a oírse gritos en la montaña de la Tortuga. Todos se rieron de nuevo; todos menos Tian Fei, que me dijo a gritos mientras se alejaba:

–¡No bueno, niña Chispas! ¡Vendrá la desgracia a buscar vosotros! ¡Marchaos ahora!

Mientras se alejaba, yo solo pensaba en que debía haberle escrito una carta mucho más larga, digna de un buen amigo, y no esas cuatro líneas con mala letra. En eso pensaba.

Pero mis preocupaciones, en ese momento, deberían haber sido otras: el perro de mi sueño, las palabras de aquel hombre que ahora remaba mar adentro, sin volver la cabeza ni una sola vez...

Debimos habernos marchado en ese mismo momento de Tortuga.

Porque así fue, amigos: la desgracia misma vino a buscarnos.

13

Durante los días siguientes, la isla se llenó de planes de futuro, con casas suntuosas, camas de dosel y carruajes con cochero. Todo el mundo hacía cábalas sobre qué hacer con su parte del botín, pero (increíblemente) nadie pedía el reparto. ¿No teníamos prisa por abandonar aquella vida de marinos errantes, de proscritos de la ley, por sentar la cabeza y las posaderas en algún rincón tranquilo de aquellas hermosas tierras?

Pues todo apuntaba a que no.

Diríase que disfrutábamos únicamente con soñarlo, con discutir sobre quién tendría la mansión más grande, los caballos más veloces y las despensas mejor surtidas. Ya nos había pasado otras veces, lo sabéis: no encontrábamos el momento de separarnos. No puedo hablar por los demás, pero yo, al menos, no imaginaba mi vida lejos de aquellos piratas. No creía poder acostumbrarme a dormir sin escuchar al Ruso hablar en ruso; a despertar sin ver a mi lado a la Ballena; a amanecer sin salir a cubierta y comprobar que (como todos los días, sin faltar uno) Dos Muelas ya estaba subido a la cofa; a comer otro pescado con patatas que no fuera el de Boasnovas; a no escuchar las órdenes del capitán para saber qué hacer y adónde ir...

Intentamos cazar al fraile aullador, pero se había vuelto agreste como las cabras abandonadas a su suerte, y trepaba con tanta agilidad a árboles y peñascos que no había forma de echarle mano. Nuño, Rodrigo, incluso la Ballena intentaron convencerle para que viniese con nosotros, se duchara y descansase en una cama. Pero aunque le prometimos que nada íbamos a hacerle, él (vestido ahora con palmas y hierbajos) se golpeaba el pecho, gritaba frases como «¡Tengo que silbar esta noche en casa del corregidor!» o «¡No me cobres el porte, que el pato es de mi cuñado!», y echaba a correr como un bisonte en estampida. Le dejábamos comida por toda la montaña, pero poco más pudimos hacer por el pobre diablo.

Así que, entretenidos en este intermedio entre nuestra vida anterior de piratas y la siguiente de ricos rascapanzas, pasamos unos días que acabaron siendo nuestra perdición.

Mientras nosotros discutíamos entre risas sobre cómo tomar el té, seguir las normas de protocolo o levantar el dedito meñique al elevar la taza, fuera de Tortuga las cosas se precipitaban.

Según había predicho el capitán, nadie en Puerto Rico sabía qué se custodiaba en el fuerte de San Juan de la Cruz y, por lo tanto, nadie hablaba del robo, sino de la aparición de los muertos del *Cruz de Sur*. Pero el gobernador sí; él sí lo sabía. El tal Fernando de la Riva era un hombre religioso, y en principio la idea de que unos espectros hubieran atacado su isla le produjo cierta aprensión. Pero pronto el temor dio paso a otras consideraciones: ¿qué espíritus necesitan oro y joyas?

Todo el Caribe sabía que la tripulación espectral del *Cruz del Sur* ocupaba la isla de la Tortuga, así que el gobernador se propuso ir hasta allí a comprobar cómo de muertos estábamos. Tuvo muchos problemas para reclutar hombres, porque nadie quería enrolarse en esa expedición. Antes de llevar a sus soldados a la fuerza (y temiendo que pudieran desertar y dejarle en la estacada en cualquier momento, presas del miedo), les ofreció incluso el doble de la soldada, pero nadie se presentó voluntario. Y debido a lo especial de las «telas» robadas, no quiso dar publicidad al llamamiento fuera de su ejército.

Pero oídos hay muchos...

De la Riva se desesperaba mientras veía llegar el momento de contarle al rey de España que había

perdido gran parte del oro que, con tanto esfuerzo, les había «requisado» a los indios del Perú. Entonces, algo vino en su ayuda (y para nuestra desgracia).

Un hombre se presentó en la residencia del gobernador diciendo que él sabía perfectamente que todo eso de los muertos vivientes era un cuento para almas crédulas. «Están vivos», le dijo. «Yo lo sé». Y le relató la aventura de la captura, cautiverio y liberación de la tripulación de Barracuda, allá en la lejana China.

El tal Fernando le escuchó sin pestañear, cada vez más y más furioso, avergonzado de haberse creído semejante engaño y de haber dudado en salir tras aquellos piratas.

–Hablarás a mis hombres –le dijo al confidente–. Cuéntaselo como me lo has contado a mí. Triplicaré la paga a los que se alisten voluntarios.

Aquel hombre extraño no preguntó por qué todo un gobernador de Cartagena y Puerto Rico quería ir tras unos muertos de hambre que habían robado unos metros de tela; y cuando don Fernando le preguntó a él el porqué de su interés en aquello, el confidente solo dijo: «Es personal». Eso intranquilizó a De la Riva, así que decidió (el rey de España no habría entendido otra cosa) ir él mismo al frente de aquella expedición a Tortuga, en busca de los espectros del Sur.

La arenga a las tropas de aquel extraño hombre produjo el efecto deseado. De repente, más de dos mil soldados españoles hervían de rabia por haberse tragado la patraña de los fantasmas. Algunos dudaban; pero la historia era tan clara, parecía tan auténtica... Porque lo era.

La verdad se reconoce casi siempre al primer vistazo.

Mientras escribo esto, no paro de imaginarnos a nosotros –allá en la isla de la Tortuga–, ignorantes y felices, riéndonos como se ríen los que nada temen del futuro, bañándonos en el mar o engordando confiados en nuestra suerte. Y casi al mismo tiempo, dos barcos, pertrechados con no menos de cuarenta cañones cada uno, zarpando a nuestro encuentro. Trescientos hombres partieron en ellos.

Más el gobernador de Puerto Rico.

Más un hombre oscuro.

En nuestra isla, yo escribía, yo leía, yo saltaba sobre las olas esmeraldas, yo me reía y disfrutaba de aquella vida de novela. No sabía que se aproximaba la mayor de las desgracias.

Llegaron en la madrugada de una noche sin luna, sin una luz a bordo que delatase su presencia. Para cuando los vimos, las dos naves ya habían enfilado la bocana del puerto. Dos Muelas repicó la campana de la torre: era la señal de alarma. En menos de lo que se tarda en contarlo, todos estábamos en la playa, mirando a esos dos enormes galeones arribar a Tortuga.

–¡A las armas! –gritó como nunca el capitán–. ¡Nos vemos en la plaza con todo lo que corte o dispare!

Yo entré en mi pequeña casa, con su tejado rojo, y cogí mi pequeño puñal. Me temblaba todo el cuerpo. ¡Qué poca cosa me sentí en ese instante! Cuando llegué a la plaza, todos estaban ya allí. Sobre una carreta, Barracuda hablaba.

–¡No podemos hacerles frente en el mar ni a campo abierto! ¡Nuestra única oportunidad es escapar! ¡*La Pluma Roja* está fondeada al norte, en los acantilados! ¡Vamos!

Viendo que la sorpresa ya no era tal, los españoles se lanzaron a por nosotros en decenas de botes que remaban a toda velocidad hacia la playa, al tiempo que los barcos entraban por la bocana del puerto cañoneando el muelle vacío. Nosotros corrimos montaña arriba hacia los acantilados del norte, mientras el fraile aullaba a nuestro alrededor delatando nuestra huida. «¡Corred, fantasmas, corred!», gritaba con extraño acierto. «¡Ha llegado el día del juicio!».

Seguramente siguiendo sus voces, los soldados salieron de la playa tras nosotros y en pocos minutos ya nos pisaban los talones. Cuando alcanzaron nuestra retaguardia, ya casi en la cima de la montaña de la Tortuga, Barracuda volvió la cabeza del grupo y encaró a los que nos perseguían.

Fue una lucha feroz. Los españoles ya nos doblaban en número y podíamos ver muchos más desembarcando, así que la cosa pintaba peor por momentos. Yo intentaba no estorbar, sobre todo, aunque a algún soldado le pude dar algún puntapié y algún mamporro. Ayudados por la ferocidad del capitán y por la fuerza descomunal de la Ballena, conseguimos desembarazarnos de esa primera avanzadilla (unos setenta hombres) y continuamos a la carrera hacia nuestro barco.

Ya podía ver los mástiles de *La Pluma* cuando nos dio alcance otra remesa de españoles. Barracuda clavó los pies en el suelo, apretó los dientes y se dispuso a vender cara nuestra piel. Al otro lado de una línea imaginaria se detuvieron los soldados, con sus yelmos brillantes y sus espadas desenfundadas. Desde el centro de la formación, el mismísimo gobernador de Puerto Rico nos gritó:

–¡Rendíos, piratas! ¡Estáis en franca desventaja! ¡Decid dónde habéis ocultado lo que me habéis robado y seré indulgente: os ahorcaré aquí mismo!

–¡Da la cara, gobernador! –contestó el capitán, rojo de rabia–. ¡Sal de entre tus lacayos y da la cara!

Entonces, Francisco de la Riva, hijodalgo español, caballero de la Orden de Santiago, salió de entre la soldadesca y se puso al frente, con su panza envuelta en una armadura reluciente y su mirada altiva.

–No creas que te temo, pirata –dijo–. Ni vivo ni muerto.

–¡Se abrirá el infierno! –saltó (totalmente fuera de lugar) Boasnovas–. ¡Y vuestras almas caerán por los precipicios de la desolación!

–¡Cállate ahora! –le susurró Malik.

–Llevo dos días pensando la frase; yo la suelto y punto –se disculpó el Tuerto, también en voz baja.

–Has hecho mal en venir hasta aquí, español –dijo Barracuda con su aplomo de siempre–. Esta isla es pirata, y tú estás muy lejos de tu palacete, con esa armadura bruñida que casi no te deja respirar. Aquí hacemos las cosas de otra forma. Desenfunda tu espada, si te atreves, y batámonos tú y yo. Ninguno de nuestros hombres tiene que morir por nuestras pendencias, gobernador.

–Yo no tengo pendencia alguna con un ladrón como tú, pirata –respondió de la Riva con cara de asco–. Tú me has robado y vengo a recuperar lo que es mío.

–Las «telas», sí –repuso el capitán con media sonrisa–. Has traído mucha gente para recuperar unos trapos de colores, gobernador...

–Eso... no es lo importante –se atoró el español, no queriendo delatar frente a todos la verdadera naturaleza del botín–. Tú y yo sabemos que me has robado –se envalentonó de nuevo–. ¡Y nadie roba a la corona de España!

–Pues parece que sí –respondió Barracuda mirándole a los ojos directamente–. Parece que yo lo he hecho; díselo a tu rey. Y respóndeme a una pregunta: ¿no es español el refrán ese que dice «Quien roba a un ladrón tiene cien años de perdón?».

–¿Llamas ladrón a un representante de la corona? –se ofendió el tal Francisco.

–Tal vez... Aclárame una cosa, representante: esas «telas», ¿os las regalaron los indios o se las comprasteis vosotros?

–Eso no es asunto tuyo, escoria –casi le escupió el gobernador–. ¡Danos lo robado y prepárate a morir por tus fechorías!

–¡Vaya! –volvió a sonreír el capitán–. Creo que tú no has oído las últimas noticias: nosotros ya estamos muertos.

–¡A otro perro con ese hueso! –lanzó una carcajada De la Riva–. Tal vez creas que estás hablando con un estúpido que se traga esas patrañas, pero te garantizo que seré yo quien me asegure de que estás muerto cuando el verdugo te deje colgado en la plaza pública junto a todos estos desgraciados que te siguen, pirata. Conozco toda la historia: sé que fuisteis apresados por un tal Fung Tao, que os encerró en Formosa, y que fue el mismísimo emperador de China quien os ayudó a escapar. Lástima que vuestro aliado esté tan lejos de aquí; nadie os salvará ahora.

—¡El pintor chino! —dijo Erik detrás de Barracuda—. ¡Ese malnacido nos ha vendido!

—¿Chino? —respondió complacido el español—. Mi informador ha sido alguien que os conoce muy bien —y luego gritó a la retaguardia—. ¡Acércate!

Del fondo de la formación (de dónde, si no) salió una alimaña que creíamos desaparecida al otro lado del mundo. Sonreía como una hiena, con los ojos llenos de satisfacción y de rencor.

La Ballena, nada más verlo, quiso partirle la crisma, pero Barracuda le detuvo.

—¡Tú otra vez, maldita rata! —le grité, saliendo de detrás de John y poniéndome a un palmo de su cara—. Lo sabía. Sabía que algún día volvería a ver tu cara de traidor.

—¡Condenada alimaña! —masculló el capitán, rojo de rabia—. Debí haber acabado contigo cuando tuve la oportunidad. Pero aún no es tarde. No verás terminar este día, te doy mi palabra.

—¡Los muertos del *Cruz del Sur*! —dijo burlándose aquel cobarde—. ¡Veamos si sangran!

Y Farid el Africano me atravesó con su espada de parte a parte.

Sentí el acero entrar en mi vientre, lo sentí salir por mi espalda.

Primero, todo fue rojo.

Vi a la Ballena correr hacia mí. Muy despacio.

Vi a Barracuda acometer contra Farid.

Vi a mis compañeros atacar con las armas en alto y las bocas abiertas.

Despacio.

Allí acabó mi segunda vida de pirata, en los acantilados de Tortuga.

Después, todo fue negro.

Y caí, herida de muerte, al suelo.

Os presento a Ana

Ana cumple hoy veinte años, aunque casi no puede creerlo. ¡El tiempo pasa tan deprisa!

Ana vive en Guadalcanal, una isla del archipiélago de las islas Salomón, en el Pacífico, que descubrieron los españoles pero que nunca lograron colonizar del todo.

Ana llegó aquí hace ahora seis años, huyendo de otra vida que había acabado de forma triste y abrupta.

Ana tiene una casa pequeña cerca del mar, una bonita cabaña de madera con miles de flores alrededor que nadie cuida salvo la generosa naturaleza de aquel lugar, que sin esfuerzo salpica su jardín de tantos colores que apenas pueden nombrarse.

Cuando despertó esta mañana, su hermano John ya se había marchado. Seguramente habría bajado al pueblo a comprar provisiones, como todos los sábados.

Hoy es dieciséis de junio. Y debería ser un día alegre, pero a Ana no le gustan los cumpleaños. Casi

nunca le gustaron, aunque por distintas razones a lo largo de su vida. Ahora es porque le ponen triste. Le recuerdan un día como este, allá en la isla de la Española, en el lejano Caribe, cuando nació a su más querida vida anterior.

Pero todo eso acabó hace tiempo, y hoy Ana tiene veinte años, un hermano que la adora y casi nada más... ¡Ah, sí!; sus libros, que le hacen soñar con cosas que ya no parece que vayan a ocurrirle a ella.

Oye a John subir por el camino. Mejor que no la vea triste. Se preocupa. Así que Ana ensaya una amplia sonrisa, salta de la cama, se pasa las manos por su pelo rojo, suspira profundamente y espera a que él entre por la puerta con su inquebrantable optimismo.

–¡Madre mía! –grita John desde la puerta–. ¡Veinte años! –suelta sobre la mesa lo que lleva en las manos y la levanta del suelo con un enorme abrazo de oso–. ¡Esto hay que celebrarlo como se merece!

–¡Claro que sí! –responde ella sonriendo de veras–. ¡No pienso volver a cumplirlos, que lo sepas!

–He comprado lo necesario para hacer un pastel –responde John dejándola en el suelo–. Hoy lo intentaré yo. De coco. ¿Te parece bien de coco?

–¿Tú? –se sorprende Ana–. ¿Tú vas a hacer un pastel? ¡Pero si se te quema hasta el agua caliente!

–¡Un poco de fe en tu hermano, muchacha! –sonríe él–. ¡Hoy te haré el mejor pastel del hemisferio sur!

—Y yo me lo comeré aunque esté como una piedra, lo prometo.

Su hermano comienza a trastear en la cocina, haciendo tanto ruido como si un búfalo quisiera colocar la vajilla, y Ana se lava y se pone su vestido azul, que es el que más le gusta.

—¡Maldición! —se oye de repente en la cocina—. ¡El coco! ¿Cómo diablos esperaba yo hacer una tarta de coco... sin coco?

—No te preocupes —dice ella saliendo de su cuarto—. Yo bajaré a comprarlo mientras tú haces la masa. Así me doy un paseo.

Y sale de la casa. El viento que viene del mar le enreda el pelo, pero a ella no le importa. Le gusta el viento, le hace revivir otros tiempos. Los viajes, la alegría, la sincera felicidad.

Que sí, que hoy es un día triste...

Entra en el pueblo y el bullicio la distrae de sus pensamientos. En la plaza, el pequeño puesto de Lapita ya está abierto. Lapita es una mujer grande y sonriente, de las gentes que habitan estas islas desde que el mundo es mundo. Es oscura de piel, y sin embargo, sus dos hijos tienen el pelo tan rubio como si hubieran nacido en la lejana Dinamarca. Eso es algo que ocurre mucho en estos lares, nadie sabe por qué, y a Ana (que ha aprendido a amar la mezcla y lo distinto) le parecen los niños más guapos del mundo.

Los hijos de Lapita van ahora a clase, como muchos de los que viven en Guadalcanal, gracias a ella y a John, que hace cinco años abrieron una escuela en un pequeño cobertizo que reconstruyeron con sus propias manos. Cuando los dos llegaron aquí, nadie sabía leer ni escribir, y eso les pareció una tremenda tragedia. Por eso, Ana y su hermano se propusieron fundar un lugar donde enseñar a aquellos niños. La llamaron Escuela Popomanaseu, como el monte más alto de la isla. Al principio fue difícil que la gente aceptase llevar allí a sus hijos, pero poco a poco, la simpatía de Ana y la bondad del gran John se ganaron la confianza de los nativos, y en poco tiempo la escuela tenía todos sus pupitres llenos de niños deseosos de aprender.

Ana enseña las letras, y John se encarga de las nociones de geografía gracias a sus numerosos viajes de otro tiempo y a lo que él mismo se ve obligado a aprender en los libros para satisfacer la inagotable curiosidad de las criaturas. Una de las alumnas mayores, llamada Buka, ya ha aprendido lo suficiente como para dar clase a los más pequeños.

Lapita le vende dos cocos y aprovecha para entregarle un regalo de cumpleaños que sus hijos le han hecho con un trozo de madera. Es un barco. Además, en el puesto se vende el producto estrella de la cocina de aquellos lugares: la copra.

Un día triste, sí...

Ana emprende el camino de vuelta a casa. Ya se imagina a su hermano cubierto de harina, maldiciendo como en sus mejores tiempos mientras la masa no se ata, o se pone durísima o blanda. Sonríe. John es el mejor hermano del mundo.

Pero todo esto sale de su cabeza cuando ve, en medio de la plaza, a cuatro chinos vestidos de blanco. De inmediato, a Ana se le agolpan en la cabeza cientos de recuerdos de otro tiempo, de otra vida, y el corazón se le acelera sin saber por qué. Con los cocos y el barco de madera entre las manos, se acerca al grupo. Al principio, ninguno le presta atención; pero como ella se les planta delante un buen rato, al fin uno de los hombres la mira y pregunta algo en chino.

–¿Venís de Pekín? –responde Ana.

–¿Pekín? –dice otro de ellos en español–. Sí. Pekín.

–¿Sabéis algo del emperador? –pregunta ella sonriendo–. ¿Qué tal está? ¿Qué tiene ahora..., diecisiete, dieciocho años?

Los hombres se miran unos a otros, extrañados por el interés de aquella extranjera. Y las noticias que le dan sacuden el alma de Ana, hacen caer el barco de entre sus manos y la llevan a la carrera a buscar consuelo en los brazos de John.

En medio de la cocina, su hermano la abraza alarmado, mientras ella es incapaz de explicarse. Llora sin consuelo y el nudo que tiene en la garganta le impide hablar.

—¿Pero qué te pasa? —dice él, secándole las lágrimas delicadamente con sus dedos enormes—. ¡Deja de llorar así, que me estás preocupando!

—¡John...! —acierta a decir ella—. ¡Ha muerto!

—¿Quién? —pregunta su hermano, sorprendido—. ¿Lapita?

—No... —balbucea Ana—. Lapita no... ¡Shunzhi! ¡Ha muerto Shunzhi! ¡Y yo... yo no...!

Vuelve a llorar sin consuelo en el pecho de John, que abre los ojos de par en par y la abraza de nuevo sin saber bien qué decir.

—He incumplido mi promesa —solloza ella, mientras saca de su pecho un medallón dorado—. Y ya no podré remediarlo jamás.

Él la abraza con fuerza, la consuela mientras le acaricia el pelo, busca las palabras que le sirvan de consuelo, pero solo acierta a decir:

—¡Cómo lo siento, Chispas...!

Y su antiguo nombre (el nombre de otra vida) la hace llorar con más fuerza.

• 1

Chispas murió (aunque en ese momento no yo podía ni sospecharlo) cuando Farid el traidor me atravesó con su espada, seis años atrás.

Tengo que contaros eso.

Casi no guardo recuerdo de ese momento. Todo es confuso. El dolor punzante, caer al suelo y luego imágenes, nada más. Morirse no es difícil.

Al principio, nada.

Luego... *Nuño me encuentra en la Española. El «Cruz del Sur». El mar. Trapos y pescado. El capitán. La Ballena hambrienta. Un libro. Un volcán. Dos españoles. Disparos de cañón. El herrero y el Africano. Noruega. Seda y poleas. ¡Shunzhi, Guardián de los Dragones! Una trenza roja. Una «Pluma». Espectros...*

Y después, nada otra vez.

«Si esto es la muerte», recuerdo que pensé, «hace mucho calor... Y duele. Muchísimo».

Entonces escuché voces extrañas a mi alrededor; no entendía lo que decían. Gritaban desde muy lejos, aunque parecían estar justo a mi lado. Intenté incorporarme, y una sombra enorme cayó sobre mí tapando la luz.

—¡... muevas! —entendí al fin—. Tranquila; no intentes levantarte.

Parpadeé un par de veces, y al fin mis ojos consiguieron enfocar lo suficiente para ver a la Ballena. Tenía la cara llena de golpes y moretones, pero sonreía de oreja a oreja con la comisura derecha de los labios hinchada.

—¡Vaya susto nos has dado, Chispas! —dijo con los ojos brillantes de lágrimas—. Llevas tres días inconsciente.

—¿Se ha despertado? —dijo desde algún lugar Dos Muelas.

—¡Sí! —respondió John—. Díselo a Nuño.

Y eso hizo, no sin antes acercarse a mí y sonreírme enseñando sus pocos dientes. También estaba magullado y llevaba la ropa hecha jirones.

Estaba tan cansada como si hubiera peleado yo sola contra el batallón español. Me dolían la cabeza y el vientre, y la frente me ardía. Entre la bruma de la fiebre, creo que reconocí la cubierta de *La Pluma Roja*. Creo que estaba bajo un toldo, en la popa, pero no puedo fiarme de mi memoria en aquellos días.

—¡Apartaos un poco! —protestó la Ballena—. Le quitáis el aire.

—Debimos ponerla en la bodega —intervino Boasnovas, que llevaba un brazo en cabestrillo—. Aquí hace demasiado calor.

—Hace calor en todas partes —le respondió John—. Y aquí el aire es más limpio.

—¿Estás bien, muchacha? —me dijo sonriendo Malik, que había perdido alguno de sus blanquísimos dientes.

Intenté responder, pero la voz no me salía de la garganta.

Entonces aparecieron por detrás del grupo Nuño, Rodrigo y el capitán, bastante maltrechos. El Español llevaba el pecho vendado, y su hermano, la cabeza. Pero el peor era sin duda Barracuda. Jamás lo había visto así. Tenía la ropa destrozada y llena de sangre, una herida abierta en la mejilla izquierda, la pierna derecha vendada y también el brazo izquierdo, a la altura del hombro. Y había perdido su garfio. Parecía agotado, con la cara demacrada y llena de arrugas, como si yo hubiera dormido años en vez de días, y me miraba con tanta seriedad que de veras creí que me había muerto.

—¡Al fin, Chispas! —me dijo Nuño agachándose a mi lado—. ¿Cómo te encuentras?

–No... no sé –musité, e intenté incorporarme para verme la barriga.

–No te muevas, niña –me dijo el Español con cariño–. Rodrigo y yo te hemos cosido; de algo nos ha servido que nuestro padre fuera médico. Pero es una herida muy fea y aún no se ha cerrado. Tienes que descansar.

–Pero... Tortuga –creo que dije.

–No te preocupes –contestó el Español–. Pudimos salir de allí con el botín. Lo de dejarlo en el barco fue otra de las buenas ideas del capitán. Hemos tenido suerte; hay heridos, como puedes ver, pero ninguna baja. ¡Y si vieras cómo quedaron los hombres del gobernador...!

En ese momento, juro que creí ver una sombra detrás de mí.

—¡Farid! —me sobresalté.

—Tranquila, a ese no volverás a verlo —intervino Rodrigo—. Está en el fondo del mar, con el garfio del capitán agarrado a las tripas.

—Dejadla en paz —dijo la Ballena dando manotazos—. Tiene que descansar —me puso un paño frío en la frente—. Has perdido mucha sangre, niña.

Durante días (o semanas, o años) pasé de dormir a delirar por la fiebre. Mi cuerpo luchaba con todo lo que tenía por restablecerse de la herida. A veces, creo que John consiguió darme algo de sopa, agua o lo que fuera, y después la fiebre me ponía de nuevo

a sudar y a sufrir pesadillas en las que cientos de brazos tiraban de mí hacia el fondo de un agujero negro sin fin.

Supe después que estuve varias veces a punto de convertirme en comida para peces (porque, cuando alguien muere en medio del mar, su tumba es el fondo marino). Por lo que me contaron, a veces me despertaba diciendo cosas sin sentido o gritando que Farid había subido al barco. Pero, como me relataron más tarde, Barracuda mandó al infierno al Africano en cuanto este me atravesó con su espada, sin darle tiempo de reaccionar. Al tiempo, los demás acometían a los españoles. Mi buen amigo John peleó como una fiera con un pie a cada uno de mis costados, protegiéndome entre sus piernas abiertas mientras yo me desangraba en el suelo. Ahora me cuidaba a bordo, y yo luchaba por sobrevivir a mi primera cicatriz, que serían dos: una en el vientre y otra en la espalda.

El fin de los tiempos vino mientras yo vagaba entre la tierra de los vivos y la de los muertos, luchando contra un enemigo invisible que no me daba tregua.

Cuando recobré el conocimiento, ya todo estaba hecho, aunque yo no lo sabría hasta después. Ni siquiera pude despedirme.

Me despertó al fin el viento fresco de una madrugada clara. Estaba en una cama. No reconocí el lugar, pero me tranquilicé al ver que a mi lado dormía la

Ballena, abrazado al cubo de los trapos húmedos para mi frente. Por primera vez en mucho tiempo me sentí despejada, aunque muy débil.

—Tengo sed, John —le dije, y él se levantó como un resorte.

—¡Chispas! —respondió, nervioso y despistado—. ¿Agua, dices? ¡Claro! Voy a por ella —dijo mientras me arropaba—. Espera aquí.

—¿Y dónde quieres que vaya? —le respondí, y luego me dio risa.

—Te ha vuelto el sentido del humor —sonrió de oreja a oreja—. ¡Bien!

Entró con una jarra, me ayudó a incorporarme y me la puso en los labios. Bebí un poco. Él me tocó la frente y sonrió; ya no tenía fiebre.

—¡Madre mía, niña! —se le llenaron los ojos de lágrimas mientras dejaba la jarra en la mesa—. ¡Qué preocupado estaba!

Me dolían todos los huesos de estar tumbada.

—Ayúdame a levantarme, anda —le pedí a la Ballena, retirando con no poco esfuerzo las sábanas—. Quiero estirar las piernas.

—¡Pero si no te tienes en pie! —protestó él.

—Pero me ayudarás tú —le respondí levantando los brazos hacia él—. ¡Vamos, grandullón!

A regañadientes, John me ayudó a levantarme. Quiso llevarme en brazos, pero yo me empeñé en andar (bueno, en realidad solo movía un poquito los pies mientras él me llevaba casi en volandas agarrada de la cintura). Pasamos por un comedor con chimenea, y cuando se abrió la puerta de aquella casa, apareció ante mis ojos el prado más florido que jamás había visto. Había un pozo, una mesa grande con dos bancos y un caminito que se perdía hacia el horizonte. Al fondo, el mar golpeaba las rocas de un acantilado donde acababan las miles de flores de cualquier color que pudierais imaginar. El primer sol de la mañana brillaba con fuerza, y las gaviotas gritaban allá arriba en el cielo, sobre nuestras cabezas.

–¡Dios mío! –dije casi para mí–. ¡Qué sitio tan bonito!

–¿Te gusta? –preguntó la Ballena–. ¡Lo elegí yo! ¡Y mira! –me volvió para que viese la casa, de madera con el tejado de hojas de palma–. ¿A que es preciosa? Era de unos españoles, pero ahora es nuestra.

–¿Pero dónde estamos? ¿En Barbados? ¿En la Española? ¿Y los demás?

Entonces, John me sentó con cuidado sobre uno de los bancos y dio unos pasos hacia atrás.

–Has estado enferma mucho tiempo; es normal que no recuerdes nada. No estamos en el Caribe, Chispas –suspiró profundamente antes de continuar–. Estás sentada en un banco de madera en una de las islas Salomón, en el Pacífico, concretamente en la isla de Guadalcanal. Y ese río que ves ahí –señaló a nuestra izquierda– es el Lunga.

–¿El Pacífico? –me sorprendí yo.

–Sí –continuó mientras se miraba las manos–. Ahora vivimos aquí... tú y yo. Como Chispas no parecía un nombre de niña ni de nada, he dicho a todo el mundo que te llamas Ana, como mi madre. ¿Te parece bien? –yo no pude contestar, de tan abierta como tenía la boca–. Y también he dicho que somos hermanos para no tener que dar muchas explicaciones. Aquí la gente es muy amable, pero no paran de hacerme preguntas. Y claro, yo tengo que mentir más de lo que me gustaría... Tu parte del botín y la mía están dentro de ese pozo, a buen recaudo.

–Pero... –acerté a decir–. ¿Pero qué...? ¿Y la tripulación?

John se puso entonces muy serio, me dio la espalda y se puso a mirar al mar antes de continuar hablando.

–Esto no te va a gustar, Chispas. Ya no hay tripulación. El capitán la disolvió al llegar aquí hace casi un mes, y cada uno se fue por su lado. Se acabó lo de la piratería, Chispas... Quiero decir, Ana; es mejor que nos vayamos acostumbrando a ese nombre.

Sin poder cerrar la boca, miré de nuevo el prado que se extendía delante de mí.

Flores. Miles de ellas.

Para el funeral de la pirata Chispas.

2

Sentados en el banco de madera, frente a mi nueva casa en Guadalcanal, la Ballena me contó cómo, mientras yo me debatía entre la vida y la muerte en la popa de *La Pluma Roja*, aconteció el fin de los tiempos.

Barracuda, malherido y agotado tras la batalla de Tortuga, solo dijo: «¡Rumbo sur!», y desapareció durante días en su camarote. Nadie, por supuesto, cuestionó sus órdenes, pero cuando doblaron el cabo de Hornos (con buen tiempo y casi sin enterarse, gracias a nuestra grácil *Pluma Roja*) y atracaron en la isla de la Mocha para abastecerse de víveres y de comida, los hombres empezaron a murmurar.

Cuando zarparon de allí, el capitán no soltó el timón aunque ya había acabado la maniobra. Se quedó observando el horizonte que se abría delante de nuestro barco. Luego miró a todos sus hombres y respiró profundamente.

—¡Tripulación! —dijo al fin—. He tomado una decisión que os atañe y, por tanto, veo justo que la sepáis. Nos dirigimos a los Mares del Sur, lejos del Caribe, donde, desde lo de Tortuga, nos buscan tanto los españoles, por el robo, como el resto de los piratas, por la burla de los muertos del *Cruz*. Al llegar, repartiremos el botín y cada uno tomará su propio camino. Voy a disolver la tripulación.

Todos los hombres empezaron a murmurar, sorprendidos.

—Pero, capitán —protestó Malik—, ¿otra vez? ¿Qué cuernos hemos hecho ahora?

—¡Si hemos salvado el tesoro! —se unió Boasnovas.

—¡Casi nos rompen la crisma los hombres del gobernador de Puerto Rico! —apuntó Jack el Cojo—. ¿Y este es el pago? ¿Despedirnos como a sarnosos?

Los hombres subieron el tono de sus quejas. «¡Ya estamos!», decían, y «¡Otra vez a enrolarnos en la misma tripulación!».

—No os quejéis —apuntó Rodrigo—. Unas vacaciones con oro a espuertas no nos vendrán mal.

—¡Yo no quiero vacaciones! —dijo Erik el Belga, casi enfadado—. ¡Cuando tomamos vacaciones, no hago otra cosa que engordar!

—Yo lo veo bien —dijo la Ballena—. Chispas necesita reposo.

–Vamos, calmaos –intervino Nuño, siempre la voz de la razón–. Seguro que será por un tiempo –se volvió hacia Barracuda–, ¿verdad?

El capitán volvió a mirar al horizonte por unos instantes. Parecía derrotado, a pesar de haber ganado el asalto a los españoles. Cansado y derrotado. Nadie recordaba haberle visto así.

–No –dijo secamente, y todo el mundo se quedó mudo–. Esta vez será para siempre. He cometido varios errores gravísimos, errores imperdonables en un capitán, y por ellos casi os llevo a la muerte en la isla de la Tortuga. Nunca debí dejar que esa patochada de los espectros llegase tan lejos; ahora, todos los piratas del Caribe nos buscarán para darnos muerte de veras. Tampoco medí el alcance de asaltar un tesoro tan enorme y tan vital para la corona de España. No nos darán tregua. Y el último error –y ahí me miró directamente a mí, que yacía en la popa– fue el más grave y casi nos cuesta la vida. No debimos quedarnos en Tortuga a esperar que los españoles reaccionaran y vinieran a buscarnos. Un buen capitán os hubiera puesto a salvo, sin esperar con la barriga llena a que aquella isla se convirtiera en una ratonera llena de soldados.

Estaban todos tan sorprendidos por aquella confesión de culpas que apenas podían parpadear.

–Pero, capitán –acertó a decir Nuño–, en realidad la culpa fue del maldito Africano, que le fue con el cuento al gobernador y le dio que pensar.

–¡No! –gritó Barracuda, y todos se sobresaltaron–. ¡Eso no es excusa! –intentó calmarse y respiró profundamente–. El botín está intacto. Lo repartiremos y todos tendréis más que suficiente para llevar una vida holgada en cualquiera de las islas del Pacífico a las que nos dirigimos. Los españoles hace tiempo que las abandonaron, y allí podréis llevar una vida discreta y tranquila. O enrolaros con otro capitán. Eso ya será asunto vuestro.

–¿O... otro capitán? –preguntó, con el ojo como plato, el Portugués.

–Pe... pero... –decía el pobre Dos Muelas como si estuviera viendo visiones–. ¿Qué vamos a hacer ahora?

–Vivir –le respondió Barracuda–. La piratería no es un oficio para viejos; antes o después, quien es listo la abandona.

–¡De eso nada! –protestó la Ballena–. Yo prefiero renunciar a mi parte del botín. ¡Y seguro que Chispas piensa igual!

–Es muy joven –dijo casi con cariño el capitán–, y aún puede hacer de su vida lo que quiera. Dile, cuando despierte y le cuentes esto, que se dedique a escribir; eso se le da bien. Tal vez algún día veamos su nombre escrito en la cubierta de un libro. Y dile

que yo lo compraré –luego se recompuso y volvió a elevar la voz–. ¡Tripulación! ¡El Pacífico nos espera! ¡A toda vela, rumbo a las islas Salomón!

Y volvió a meterse en su camarote.

La Ballena se sentó cabizbajo a mi lado.

–¡Madre mía! ¡A ver cómo le cuento yo esto a Chispas cuando despierte!

–¿Te quedarás tú con ella? –le preguntó Nuño–. Al menos, mientras se cura.

–Me quedaré con ella siempre –respondió John mirándole con sinceridad.

El resto de la travesía hacia los Mares del Sur fue silencioso y triste. Los hombres deambulaban por el barco como reos de muerte, cabizbajos y angustiados, pensando (como lo habría hecho yo, de haber estado despierta) en qué hacer el resto de sus vidas, si es que ya no iban a ser piratas al mando del capitán Barracuda. Dudo que ninguno de ellos se hubiera planteado nunca qué podría ser después de eso. Así que pasaron de ricos dichosos a ricos tristes, y después a ricos preocupados por su futuro.

En Guadalcanal desembarcamos, los primeros, la Ballena y yo.

Tampoco recuerdo eso.

Así, Chispas llegó muerta sin saberlo a los Mares del Sur.

El fin de los tiempos.

3

Y DESPUÉS PASARON LOS AÑOS, como el rayo.

Seis años de ser Ana, y la Ballena, mi hermano John.

¡Seis años!

Eso es muchísimo.

O nada, según se mire.

Porque veréis: el tiempo tiene estas bromas, que pone las cosas lejos y cerca a la vez en tu memoria. Una tarde estás sentada en la cofa del vigía, allá en lo alto del palo mayor, aburrida como un pulpo en un barril. Y de repente, parpadeas y han pasado... ¡seis años!

Casi no puedo creerlo.

Con el recuerdo tan vivo que salta delante de mis ojos como un pez fuera del agua.

Pero ¿cómo pasó? Juro que no me di ni cuenta.

Ahí vas tú, entretenida en tus cosas, pensando en lo que has de hacer mañana o en lo que hiciste ayer.

Te preocupas, ríes, lloras, saltas de alegría, tienes miedo, te cortas las uñas, aprendes a vivir en tierra, das clase... Y mientras, sin que apenas te des cuenta, tus pies se estiran dentro de tus botas, se te quedan cortos los pantalones, el pelo de la cabeza invade tus sobacos y el cuerpo crece en varias direcciones.

Abandoné mi tercer cuaderno al poco de llegar a los Mares del Sur. No creí que tuviera nada más emocionante que contar. Y ahora voy a terminarlo sin poder creer todavía lo que tendré que escribir en él.

Hace ahora mucho tiempo, un dieciséis de junio, Chispas tomó una importante decisión mientras dormía a duras penas en una plaza de la isla de la Tortuga: enfrentarse a Farid el Africano. Y otro dieciséis de junio, mientras su hermano intentaba hacer un pastel de coco, Ana tomó la suya: cumplir la promesa que le hizo a Shunzhi.

John no se extrañó cuando le dije lo que quería hacer. Se limitó a rascarse la cabeza mientras miraba por la ventana.

–Bueno, yo sé dónde hay algunos... –apuntó, hablando como para sí–. Empecemos por ahí.

Sonreí de oreja a oreja. La Ballena es alguien con quien siempre puedes contar. Mi hermano.

Pertrechamos ese mismo día la barca que teníamos para salir de vez en cuando al mar, dejamos a la preocupadísima Buka al mando de la escuela y cruzamos a la isla de Florida. Allí encontramos a varios de nuestros antiguos compañeros, entre ellos a Malik el Negro (había sustituido los dientes que perdió a manos de los españoles por piezas de oro, así que su sonrisa, al vernos, fue de lo más espectacular). Malik nos llevó hasta Dos Muelas, que nos salió al encuentro en la puerta de su casa portando unas enormes lentes. No dejó que dijéramos una palabra antes de exclamar levantando el índice: «¡Veo perfectamente! Son para leer». Cerró la puerta tras de sí para venir con nosotros sin necesidad de explicarle qué nos proponíamos. Con todos ocurrió igual. Era decir: «Vamos a reunir la tripulación», y todos se aprestaban a seguirnos sin hacer más preguntas. En Malaita encontramos a Jack el Cojo y a Boasnovas el Tuerto; allí vivía otro montón de los nuestros, desperdigados por la isla, pero que acudieron como moscas al oír que los estábamos buscando. Todos parecían algo más viejos, pero se veían en forma. «¡Ya era hora!», dijo Jack. «¡Creí que iba a morirme aquí, plantado como un cocotero en esta maldita isla!».

En la isla de Santa Isabel encontramos a los españoles, Nuño y Rodrigo, regentando un mesón. Estaban exactamente igual (y continuaban siendo iguales también el uno al otro, eso no había cambiado). Nuño se sorprendió vivamente al verme tan mayor. Rodrigo tardó lo que se dice un minuto en cerrar el mesón y preparar el equipaje de los dos.

Apenas habían pasado tres días desde que empezamos a reunir a los hombres y, por lo visto, la voz había corrido por las Salomón como el vino en una boda, porque de repente salían a nuestro encuentro compañeros sin tener que ir en su busca (entre ellos, Gato el Ruso, que apareció cuando nos disponíamos a marcharnos de Santa Isabel).

–Os acompañaré –dijo por toda presentación–, pero no es bueno reunirse a la sombra de un muerto.

–¡La maldición caerá sobre nosotros! –coreamos todos al tiempo, y luego nos reímos un buen rato.

Fue el Tuerto quien dijo que sabía de buena tinta que Erik el Belga estaba en Vangunu. Allí nos dirigimos en varias chalupas, porque ya no cabíamos en nuestra pequeña barca. El Belga apareció en la puerta de su inmensa casa. Efectivamente, se había puesto gordo como un jabalí.

–¿Veis? –dijo al vernos, como si nos hubiéramos despedido el día anterior–. No me sientan bien las vacaciones. ¡Ahora tardaré meses en ponerme en forma de nuevo! –luego reparó en mí–. ¡Dios del cielo! ¿Esta es Chispas? ¡Pero cómo has crecido, muchacha!

–Casi tanto como tu barriga –apuntó el Cojo, como en sus mejores tiempos. Luego, movió la larga barba de Erik y se la colocó sobre la panza–. Y mira: ¡esta también es pelirroja!

Así que, en apenas cuatro días, estábamos todos reunidos de nuevo.

Bueno, todos no. Faltaba el pirata número cincuenta y cuatro. En realidad, el primero: Barracuda.

–Sé dónde está –dijo Nuño–; vive en Dai. Pero en estos años no ha querido visitas. Mi hermano y yo hemos ido a verle en alguna ocasión y nos recibió con aspereza.

–Pero no podemos reunir la tripulación sin capitán –dijo, con más razón que un santo, la Ballena.

–Iremos a por él –repuse yo con firmeza–, y tendremos que convencerle.

Dai es una pequeña y apartada isla del archipiélago de las Salomón, un destierro voluntario que nuestro capitán parece que se impuso a sí mismo cuando nos separamos seis años atrás. «Un lugar diminuto para alguien acostumbrado a levantarse cada día con todo el horizonte como frontera», pensé al llegar. Vivía poca gente en aquel trozo de tierra en medio del mar, así que, cuando desembarcamos cincuenta y tres extranjeros en la playa (a bordo de siete barcas de toda clase), evidentemente nos hicimos notar.

La casa de Barracuda apenas podía llamarse así. Era una especie de cabaña a pie de playa, con más aberturas que paredes y con un débil entramado de hojas de palmera como techo. Ni siquiera había un camino que llegase hasta ella. Parecía un refugio temporal... para seis años. Diríase que el capitán había reducido al mínimo los muros que lo encerraran en este rincón del mundo adonde había ido a olvidar y a que lo olvidaran.

Pero no se olvida a alguien como Barracuda. Por eso, mientras nos acercábamos a encontrarnos con él después de tanto tiempo, yo no paraba de pensar en que esto tenía que pasar antes o después. Por eso nadie se había ido muy lejos ni había buscado (por supuesto) otro capitán. Todos esperaban a que volviéramos a ser lo que siempre fuimos: los piratas del capitán Barracuda, fueran cuales fuesen el barco y el destino.

El capitán estaba sentado en el porche, mirando al mar. De espaldas, diríase que no había cambiado en absoluto; parecía que estuviera en el puente, esperando que subiéramos a bordo las provisiones para zarpar quién sabe adónde. Sobre el brazo izquierdo del butacón pudimos ver que, donde antes estaba su garfio, ahora había un puño cerrado dentro de un guante de cuero. Después averiguaríamos que lo había encargado a un orfebre francés y que era de acero hueco. Cuando el ruido de nuestros pasos llenó el porche, levantó la otra mano desnuda sin volverse y nos detuvo. Entonces, aunque no podáis creerlo (como yo tampoco en ese momento), se quitó despacio unas lentes y apartó de su regazo un libro.

¿Barracuda con... lentes?

–Sabía que este día llegaría –dijo sin girarse como si ya nos hubiera visto, contado y escuchado–. Creo que dejé bastante claro hace tiempo que esta tripulación ya no existe. ¿Qué cuernos buscáis, entonces? ¿Acaso creéis que os voy a invitar a tomar el té? Aquí no se os ha perdido nada –y luego añadió amargamente, casi entre dientes–: Fuera del barco no somos más que un puñado de malditos desgraciados.

–Capitán –intervino el Español–, escuche al menos lo que tenemos que decirle. Hemos venido por una buena razón: Chispas...

Nuño no acabó la frase porque, al oír mi nombre, Barracuda se volvió y me buscó con la mirada. Cuando me encontró, me observó un momento sin decir palabra. La herida que le hicieron los españoles en Tortuga había dejado otro enorme surco en su cara. Luego se giró de nuevo hacia el mar.

–Te dije que la apartaras de esto, Ballena –dijo entonces sin moverse.

–Pero si la idea ha sido suya –repuso John–. ¡Y ya sabe que es testaruda como una mula!

Se hizo un silencio raro. Nadie sabía qué decir a continuación, así que sentí que tenía que ser yo quien tomara la palabra.

–Hemos venido por una razón, capitán –dije despacito, como si temiera que en cualquier momento él se levantara y se marchase–. El emperador Shun-

zhi ha... muerto. Casi no puedo creerlo, pero así ha sido. Y yo... –sentí que las lágrimas se me agolpaban en los ojos–. Yo no he cumplido la promesa que le hice de volver a verle. Por eso quiero ir a presentarle mis respetos, aunque ya sea tarde.

Todos permanecimos callados otro largo momento.

–Los demás también queremos ir –dijo a modo de excusa Boasnovas, viendo que nadie hablaba.

–Es una razón tan buena como cualquier otra para reunirnos –apuntó Rodrigo–. Los hombres están deseando volver a la mar, capitán.

–No vamos a volver –dijo Barracuda con voz sombría–. Os lo dije hace años: yo ya no soy capitán de nadie.

—Entonces, ¿qué es? —pregunté decidida, poniéndome al frente del grupo. Él se volvió a mirarme, pero yo no me acobardé—. ¿Va a pasar los años que le quedan aquí, sentado como un anciano, contemplando el horizonte?

Él volvió a mirar al vacío. Los demás me daban empujones para que me callase, pero yo no había llegado hasta allí para marcharme con las manos vacías.

—Mire —continué sin hacer caso de las advertencias—, ninguno de nosotros sabe qué hacer en tierra. Además, no le pedimos más que un último viaje. Por deferencia a un buen amigo... Por los viejos tiempos, capitán.

—Además —apoyó el ahora orondo Belga—, nadie piensa que usted hiciera nada malo en el incidente de los españoles de Puerto Rico. Tenemos más dinero del que necesitamos y salimos con vida del lance, ¿no? A mí me vale...

—Y a mí —dijeron varias voces en el grupo.

Él se puso tenso un segundo, y luego hubo otro largo silencio. Entonces, mientras nadie se atrevía casi ni a respirar, Barracuda se puso en pie y se acercó a nosotros, mirándonos uno a uno como en otros tiempos.

—Como un anciano... —repitió al fin masticando las sílabas. Luego se fijó en Erik, que hizo todo lo posible por meter su enorme barriga—. ¡Estáis hechos una auténtica pena! ¡Nunca os contrataría ni para tripular un bote de remos! —todos se pusieron rectos y se arreglaron la ropa para parecer los piratas de antaño—. Menos mal que no pienso hacerlo.

Se dio la vuelta y se quedó de pie, frente al mar, apoyando su puño de acero en uno de los troncos que sostenían el porche.

Otra pausa enorme.

—¿Entonces...? —preguntó finalmente Nuño el Español.

—Entonces —respondió Barracuda—, digo que iremos. Yo no olvido lo que debo, y al emperador le debo más de una vida: la mía y las vuestras, por miserables que sean. Pero solo será un viaje. Aquí no empieza nada, que nadie lo olvide.

Los hombres empezaron a sonreír y a mirarse. Eso sí, con cuidado de que el capitán no notase nuestro creciente entusiasmo.

–Habrá que hacerse con un barco –apuntó Malik el Negro–. ¿Creéis que, por una vez, podríamos comprarlo? Tenemos dinero de sobra.

–¡Pero dónde se ha visto que unos piratas paguen por un barco! –dijo, inspirado por la tradición, Erik–. ¡Menuda fama nos daría eso!

–Eso no será preciso –dijo Barracuda, y señaló a su izquierda.

Nos acercamos adonde él estaba y vimos una pequeña ensenada. Allí, anclada a resguardo de los temporales, limpia y diríase que preparada para zarpar, estaba *La Pluma Roja*.

Todos nos miramos tras la nuca del capitán.

La había guardado.

Durante todos esos años, había conservado y cuidado nuestro barco.

¿Sabéis lo que eso quería decir?

Pues que Barracuda, dijera lo que dijese, había estado esperando pacientemente que volviéramos a buscarle.

4

Nadie hizo equipaje, nadie se despidió al marchar; los piratas no hacen esas cosas. Simplemente pertrechamos el barco para la travesía, subimos a bordo, levamos ancla y... nos fuimos. Como si hubiéramos atracado el día anterior.

En cuanto subimos a *La Pluma Roja*, todo el mundo recuperó su puesto con naturalidad. Hasta Dos Muelas se alegró de volver a colgarse de la red desde donde vigilaba, aunque antes la había maldecido en todos los idiomas que conocía y en alguno inventado.

Hasta que *La Pluma* no enfiló por fin mar abierto, no me di cuenta de lo mucho, muchísimo que había echado de menos navegar con mis compañeros de siempre en este barco, o en cualquier otro al mando de Barracuda.

Así que el viaje a Pekín fue extraño. Yo estaba al tiempo alegre y triste.

Triste porque íbamos al funeral de mi querido amigo Shunzhi, Guardián de los Dragones. Saqué el medallón dorado con su retrato. «El emperador triste de toda la China», recordé. Me sentí tan culpable al caer en la cuenta de que, tal y como él temía al separarnos, yo había dejado que pasara la vida (la suya, al menos) sin volver a vernos. Y se me puso un nudo en la garganta al pensar que, en realidad, este viaje ya no valía de nada, porque el tiempo para cumplir mi promesa se había agotado ya.

Y alegre porque de nuevo el viento hinchaba las velas de nuestro barco, porque estábamos otra vez todos juntos y porque todo el mundo volvía a llamarme con mi verdadero nombre: Chispas. Nunca quise otro.

El capitán pasaba las horas al timón, aunque no fuera precisa su presencia para mantener el rumbo. Jamás lo admitiría, pero él también había echado de menos (tal vez más que ninguno) la vida errante de pirata.

Llegamos a Tianjín una mañana de julio, muy temprano. Hacía ocho años que habíamos pisado por última vez aquel puerto, cuando Shunzhi nos regaló *La Pluma Roja* (aunque entonces aún no tenía nombre). Y a mí me parecía que eso había pasado el día anterior.

Ahí dejamos nuestro barco y emprendimos el camino a Pekín por tierra. Todo estaba teñido de luto por el emperador. Habéis de saber que en China el color del luto es el blanco, porque dicen que recuerda a la palidez de los muertos, así que todo estaba engalanado en ese color. De los edificios colgaban enormes telas blancas, y los altares colocados en cada esquina se llenaban de flores también blancas. El emperador, antes de morir, había decretado que sus funerales durasen cuatro meses, así que cuando nosotros llegamos a Pekín, la ciudad aún respiraba duelo y dolor.

A la caída de la tarde, nuestra llegada a las puertas de la Ciudad Prohibida causó gran sobresalto en los guardias. Cincuenta y cuatro extranjeros remendados y llenos de cicatrices no eran un espectáculo nada tranquilizador, por lo visto. No veníamos a montar gresca, desde luego; pero Barracuda, a mi lado, miraba a los guardias como si fuera a hacer rollitos de primavera con ellos. Haciendo mil reverencias, yo pedí educadamente ver a Dorgon, o al menos que le dieran noticia de nuestra presencia, pero me dijeron que había fallecido también hacía varios años. Empecé a preocuparme, temiendo que no fuéramos recibidos porque nadie se acordase ya de nosotros. Entonces pregunté por la abuela de Shunzhi, la señora Abahai. El guardián, que me observaba como si fuera a comerme, habló un momento con su compañero, y seguramente extrañado de que conociéramos los nombres de la familia imperial siendo de lejanas tierras, dejó su puesto en la puerta y desapareció en la Ciudad.

Esperamos un buen rato, temiendo haber hecho aquel largo viaje para nada si no nos permitían pasar a presentar nuestros respetos. Pero entonces, el guardia que había ido a anunciar nuestra presencia volvió corriendo muy alterado, dijo algo que puso también nerviosos a los demás soldados de la puerta y, con otro montón de reverencias exageradísimas, nos indicó que entráramos. Hubo una especie de discusión entre los guardias sobre nosotros; pero como todo fue en chino, solo puedo decir que, al parecer, algunos dudaban de que debiéramos pasar, y que el que hizo de mensajero hacía aspavientos y señalaba el palacio.

Finalmente, nos escoltaron varios soldados por la Ciudad Prohibida. Mis compañeros –que, salvo la Ballena, nunca habían visto aquel lugar– estaban asombrados. Pensé que muy pocos extranjeros (y menos piratas) habían tenido el privilegio de traspasar aquellos muros. Yo era la cuarta vez que lo hacía.

Todo en la Ciudad era tristeza. Miles de faroles blancos iluminaban la cercana noche, y en las fuentes y los estanques de los jardines ardían velas flotantes.

El soldado nos condujo al palacio, y en el salón donde en otro tiempo conocí a Dorgon y lo confundí con el emperador, un enorme sarcófago blanco y decorado en oro nos recibió en medio de la sala. Presidía el lugar un retrato de cuerpo entero de Shunzhi, mucho mayor de lo que yo lo recordaba. Su mirada triste hizo que se me saltaran las lágrimas. En la enorme estancia, cientos de súbditos –todos de blanco impoluto– rezaban y lloraban de rodillas alrededor del féretro. La Ballena apretó mi mano; yo me llevé la otra al medallón con el retrato de Shunzhi que colgaba de mi pecho y me sentí tan triste como si el corazón me hubiera encogido.

Barracuda se descubrió la cabeza y, detrás de él, todos se quitaron el sombrero o el pañuelo que llevaban. Yo levanté la mirada hacia la celosía desde donde el pequeño emperador me había espiado el día que lo conocí, allí donde había dado la orden de cortar uno de mis rizos rojos para cerciorarse de que mi cabello era de verdad.

Perder un amigo es una tragedia. Los buenos amigos no abundan, os lo puedo asegurar; así que perder uno –por lejano que esté y por poco que os veáis– empobrece la vida y el corazón. Por eso es importante decirle a la gente que nos rodea lo que los apreciamos, para que lo sepan siempre y luego no lamentéis no haberlo dicho a tiempo.

En estas cosas pensaba yo cuando, de una puerta al fondo de la sala, salió la señora Abahai. Iba, por

supuesto, vestida de blanco, pero hoy no llevaba una de esas pelucas llenas de abalorios, sino su pelo canoso recogido en un discreto moño. Había envejecido, pero su porte seguía siendo distinguido. Nos miró un momento, y cuando me encontró entre todos, vino hacia mí con los brazos extendidos.

–¡Chispas! –dijo sin atender a protocolo alguno mientras me abrazaba–. ¡Cómo has crecido!

–¡Señora! –respondí yo con un nudo en la garganta–. ¡Cómo siento...! –y ya no pude decir más, porque me puse a sollozar como una cría.

–Señora –tomó la palabra a mi lado Barracuda–, permítame presentarle nuestros respetos y nuestras condolencias. El emperador nos ayudó en un mal momento y nosotros no olvidamos una deuda. Lamentamos volver a vernos en estas dolorosas circunstancias.

–Gracias, capitán –le contestó la señora con voz dulce–. Han hecho un largo viaje y seguramente estarán cansados. Permítame que les ofrezca algo de beber y un lugar para descansar.

Nos condujo hasta otra puerta lateral que daba a una sala con unos bancos bellamente tallados, donde nos indicó que nos sentáramos, e inmediatamente unos sirvientes trajeron té caliente y dulces.

Apenas nos hubimos acomodado, la señora Abahai me tomó de la mano y me dijo:

—Por favor, ven conmigo.

Yo la seguí por varias estancias sin entender nada. Y aún entendí menos cuando, al salir a uno de los patios laterales del palacio, ella me abrazó de nuevo.

—¡Menos mal que has venido, muchacha! —susurró cerca de mi oído—. ¡Era tan difícil que ocurriera, y sin embargo...!

—Tendría que haber venido antes —le respondí yo con tristeza—. ¡No sabe cómo lo siento!

—Estás aquí y eso basta —me dijo ella sonriendo ampliamente—. Yo dudé de que lo hicieras, pero él nunca. Siempre tuvo fe en que vendrías.

Eso me puso aún más triste. En ese momento, la señora Abahai me tomó de la mano, y sin decir nada, me llevó tras ella por los senderos oscuros del jardín hasta una especie de invernadero lleno de pájaros y plantas. Al llegar a la puerta, me tomó las manos entre las suyas y me dijo sonriendo:

—¿Crees en los milagros, Chispas? —sus ojos brillaban en la oscuridad—. Yo antes no, pero ahora que veo que efectivamente has venido, puedo decir que sí, que sí creo. Entra ahí y espera —yo la miré sin entender y ella añadió—: No temas nada, muchacha.

Me besó en la frente y volvió a entrar al palacio, haciendo flotar tras ella sus ropas vaporosas. Yo dudé un momento, pero acabé por entrar al invernadero. Dentro hacía calor; había muchas plantas que, en la casi oscuridad, me golpeaban en la cara y en el cuerpo. La mayoría de las aves dormían, pero mi presencia las intranquilizó y se removieron por todo el lugar.

No tuve que esperar mucho tiempo hasta que vi frente a mí, al otro lado del invernadero, una silueta que llevaba en la mano un pequeño farol colgado a la altura de sus rodillas.

–¿Señora Abahai? –pregunté.

–No, Chispas –dijo en la oscuridad una voz que no reconocí–. Has tardado mucho. ¿Hay que morirse para recibir una visita tuya, niña?

En ese momento, levantó el farol y yo vi –por primera y única vez en mi vida– un muerto de verdad caminando sobre la tierra.

5

Partimos solo dos días después de nuestra llegada. Apenas descansamos y nos lavamos convenientemente, yo dije que era momento de marcharnos de la Ciudad Prohibida. Y no dije nada más.

—Sé que tiene que ser así —me dijo la señora Abahai al despedirnos, con lágrimas en los ojos—, pero me entristece vuestra partida. Espero que la fortuna os acompañe en una larga y dichosa vida.

La abracé y le prometí que intentaría que así fuera.

Hicimos el viaje por tierra a Tianjín, con caballos que nos proporcionó la señora. Durante todo el viaje, yo sabía que un jinete nos seguía a una distancia prudencial, aunque nunca lo vi; ni yo, ni nadie del grupo.

Pero al llegar al barco, ya no tuve más remedio que hablar con Barracuda.

Tampoco lo que le conté pareció sorprenderle lo más mínimo, ¡qué hombre! Cuando terminé de hablar, me miró un buen rato con su famosa cara de nada.

—No quiero gandules en mi barco —me dijo al fin como si fuera lo más normal del mundo—. El que quiera comer a bordo tendrá que trabajar, sea quien sea. Como todos.

—Eso no será un problema —sonreí yo, aunque pensé que tal vez sí que lo sería.

—Hummm —masculló mientras se tocaba la barbilla—. Súbele a bordo y que no salga de la bodega hasta que zarpemos. Mejor que por ahora no lo vea nadie más.

Así partimos, con un tripulante más en nuestra *Pluma Roja*.

Mientras nuestro barco se aleja del muelle de Tianjín y nos mece rumbo a cualquier parte, China celebra a nuestra espalda el funeral del Señor del Cielo, Larga Vida, Señor de los Mil Años... Ha muerto el emperador, eso es innegable, y dejamos tras de nosotros un mar de lágrimas, el cielo iluminado por farolillos incandescentes y ríos llenos de velas y flores.

Y en unos días, una de las tumbas Qing del Este acogerá un sarcófago vacío.

Cuando salimos a mar abierto, yo bajé a la bodega con algo de comer y una jarra de agua.

—Supongo que tendrás hambre —dije.

—Mucha —apuntó el nuevo ocupante de *La Pluma*, y luego añadió mirando la escudilla—: ¿Qué es esto?

—Comida —respondí yo riendo—. Es mejor que aprendas a no preguntar eso mucho. A bordo de un barco pirata hay lo que hay, y no hay otra cosa. Seguro que no se parecerá a lo que estás acostumbrado a comer.

—Esa es la idea —apostilló mientras daba buena cuenta del guiso.

Mientras en silencio yo le miraba comer (creo que, por primera vez en su vida, con hambre verdadera), vi el medallón que colgaba de su pecho. Era mi retrato, aquel que vino a pintarme Tian Fei a Tortuga. Tiré de la cadena que yo llevaba al cuello y saqué el suyo. Nos miramos; ninguno de los dos éramos ya los niños de las pinturas.

—Entonces —dije, casi para disimular—, ¿este era tu plan? ¿Que volviéramos nosotros a China?

—Tú, al menos, sí —respondió él—. Por eso mandé emisarios a los cuatro confines a dar noticia de la muerte del emperador, y por eso decreté cuatro meses de funerales. Para dar tiempo a que te enterases y vinieras. Con suerte, claro.

—Pero ¿y si no hubiera venido? ¿Y si la noticia no hubiera llegado a mis oídos? ¿Qué habrías hecho?

—Bueno, eso sin duda habría complicado un poco el resto de mi vida, Chispas.

Yo le miré un rato mientras apuraba el cuenco, sin creer del todo lo que estaba pasando.

–Has de saber –le dije después con una sonrisa– que tendrás que trabajar.

–De acuerdo.

–Y que los últimos que llegan a la tripulación hacen lo que nadie quiere hacer.

–Vale.

–Fregar la cubierta...

–Eso no parece complicado, ¿no?

–Ocuparte de la basura.

–¡Qué remedio! Si hay que hacerlo...

–Destripar pescado.

Él se limpió la boca.

–No conseguirás desanimarme, niña; estoy muy contento con este nuevo trabajo de pirata.

–¡Bueno! –apostillé–. ¡No te pases! De pirata aún no tienes ni la pinta.

–¿La pinta? –repitió él mirándose–. ¿Y qué pinta tiene un pirata?

–Pues la de Barracuda. La de Nuño. O la de la Ballena... ¡La mía, incluso! –le señalé de arriba abajo, con su túnica azul, sus pantalones negros y su larga coleta: tan limpio, tan aseado...–. Pero te aseguro que esa no.

Y los dos nos reímos un rato.

–Es bueno reírse –dijo tomando aire–. Tendré que hacerlo más a menudo a partir de ahora.

–¿No te arrepentirás? –pregunté muy en serio.

Él me miró un instante. Había cambiado, pero no tanto. Sus ojos eran los mismos, su sonrisa era la misma.

–No me arrepentiré –su tono era firme y seguro. Sonrió ampliamente–. Además, ya no hay vuelta atrás. Uno puede morirse, pero no puede resucitar, eso seguro –luego, viendo que yo me había puesto muy seria, continuó–: No te preocupes, lo he pensado mucho; casi no he pensado en otra cosa en los últimos cuatro años. La vida que dejo atrás no me hacía feliz y no la quiero. Ya veremos qué me depara el futuro. Por primera vez, cualquier cosa puede ocurrirme, ¡y eso me encanta!

–Ahora me siento responsable –dije–. Tal vez te he dado sin querer una idea equivocada de la vida que llevamos. Es dura a veces; bueno, casi siempre. Sin ir más lejos, yo casi muero hace unos años. Mira.

Le enseñé la cicatriz de mi vientre y él se sorprendió mucho. Como si fuera a morderle, la tocó con mucho cuidado.

–Eso habría sido una tragedia –dijo, y luego me miró a los ojos–. Sé que será difícil, pero es un precio que pagaré con gusto por vivir. Tú no puedes entenderme porque nunca has estado sola. Bueno, sí, antes de que Nuño te encontrase en la Española, pero no lo recuerdas. Yo sí. Yo recuerdo cada día. Es como vivir en lo alto de una montaña. Todos se acercan a ti con la cabeza baja, nadie te habla, todos te temen... Cada día es exactamente igual al anterior y al siguiente. Y si miras al futuro te ves a ti mismo en esa misma montaña, cada vez más viejo pero igual de solo, haciendo las mismas cosas, diciendo las mismas cosas... ¿Quién querría esa vida? ¿La querrías tú, Chispas? A mí nadie me preguntó.

Sonreí, porque claro que le entendía. Nadie quiere estar solo, aunque sea rodeado de riquezas: ¿para qué te valen, si no puedes disfrutarlas con gente que te quiera? Por eso todos nosotros suspirábamos por volver a embarcarnos, por volver a ser una tripulación.

–Bien –le dije recogiendo los cacharros de la cena–, será mejor que subamos. Antes o después los hombres tienen que verte, Shunzhi.

–No me llames así –me respondió–. Ese es el nombre del emperador, y el emperador ha muerto. Llámame por mi nombre auténtico: Fulín.

–¿Fulín? –me sorprendí–. Pues será mejor que te prepares: Jack el Cojo sacará un montón de buenos chistes de ese nombre, ya te lo advierto.

–Pero ese no es nombre de pirata, ¿no? –apuntó él–. Necesito un apodo, como todos –pensó un momento–. ¿Qué te parece «Fulín el Magnífico»?

–¿El Magnífico...? –abrí mucho los ojos–. Has de saber que el nombre te lo ponen los demás, no lo eliges tú, ¡faltaría más! ¡A ver si te piensas que el Gato,

Dos Muelas o el Salao eligieron llamarse así! ¡El Magnífico! –repetí con sorna–. ¡Te faltan años y kilos para aguantar un apodo así!

–Tengo casi dieciocho años y he entrenado como soldado en palacio –sacó músculo doblando el brazo derecho, aunque no salió gran cosa.

–¡Pfff! –bufé desde la puerta–. ¡Jack se lo va a pasar pipa contigo!

Cuando subí a cubierta, vi un montón de ojos fijos en mí. Todos me estaban esperando como si volviera con noticias de un parto.

–¿Es verdad, Chispas? –preguntó Boasnovas entornando su solitario ojo–. ¿El emperador está ahí abajo?

–Ya no es el emperador –respondí intentando no darle importancia–. Pero sí, está a bordo.

–¿Hemos secuestrado al maldito emperador de la China? –repuso Erik el Belga–. ¡Que me cuelguen de la barba! ¡Esto dejará el robo del oro del Perú en un cuento para niños!

–Que nadie le haga caso a este –intervino (cómo no) el Cojo, siempre atento a un buen chascarrillo–. Si alguien le cuelga de la barba, se la arrancará de cuajo, con lo que pesa ahora.

–No lo hemos secuestrado –aclaré yo mientras el Belga resoplaba–. Viene por su propia voluntad. Ha dejado el trono, por eso ha fingido su muerte.

–¿Ha dejado el trono imperial? –se sorprendió Dos Muelas–. ¡Vivir para ver!

–A ti no debería extrañarte –intervino Nuño–; a ninguno, en realidad. Todos tenemos dinero de sobra para vivir holgadamente, y míranos: deseando volver a pasar los días dando tumbos por los mares en este cascarón.

En ese momento, el antes llamado Shunzhi apareció detrás de mí en la escotilla. Los hombres lo miraban como a un perro con ocho patas.

–Hola a todos –dijo, con una de esas reverencias ceremoniales tan típicas de los chinos (seguramente, la primera que hacía en su vida).

–Hola –respondió Erik tras una pausa incómoda–. Bienvenido. Pero será mejor que no hagas eso... Eso de inclinarte hacia el suelo como si se te hubiera

caído el último escudo de la bolsa, digo. No queda bien por aquí.

—Trataré de recordarlo —respondió él con una sonrisa sincera.

—No debería venir —intervino desde un lado Gato el Ruso—. En algún lugar hay un ataúd con su nombre escrito. Eso nos traerá la mala suerte y...

—Y la desgracia caerá sobre nuestras malditas cabezas —remató el recién llegado acercándose a él y pasándole un brazo por los hombros—. Lo sabemos.

El Gato abrió los ojos de par en par y todos nos echamos a reír.

—¡Me cae bien el chino este! —dijo Dos Muelas dándose golpes en las rodillas—. ¡Aunque sea el puñetero emperador de la China!

—Yo ya no soy el emperador. Ahora solo soy Fulín.

—¡Bueno! —dijo Jack elevando los brazos—. ¡Pues con ese nombre no esperes que me contenga! ¡Fulín! ¡Si parece el estornudo de un asmático!

—Te lo dije... —le susurré yo.

—Está bien —me respondió con una amplia sonrisa. Luego miró al capitán y dijo con una alegría fuera de todo tueste—. ¿Y bien? ¿Adónde vamos? ¿A Bora Bora? ¿A Europa? ¿Al Caribe?

Todos nos volvimos hacia Barracuda. Le miraba con el ceño fruncido, como sin duda debe mirar un león a un ratón de campo.

—Yo no he dicho que vayamos a ninguna parte —dijo al fin con voz gravísima—. No hay «nosotros».

—¡Por todos los diablos! —se desesperó el Tuerto—. ¡Esto ya ha dejado de tener gracia! ¿Qué tenemos que hacer para que entienda que usted es nuestro capitán, que nosotros somos sus hombres y que todos queremos volver a la mar bajo sus órdenes? —elevó el tono de voz—. ¿Eh? ¿Qué hay que hacer para que le entre eso en esa dura mollera que tiene por cabeza? ¿Secuestrarle? ¿Atarle al palo mayor hasta que entre en razón?

—Tiene gracia —apuntó la Ballena—; eso sería un motín, pero al revés. Es decir, en vez de para echar al capitán, para obligarle a serlo. Creo que sería la primera vez que pasa.

Barracuda nos miraba con cara de tan pocos amigos que realmente daba miedo, apoyando en la borda su nuevo puño de hierro enfundado en cuero, con los ojos brillando como ascuas y los dientes apretados. Pero los hombres ya no estaban para zarandajas.

–Tiene razón el Portugués –le apoyó Erik–. Nadie quiere volver a lo de antes. Yo, al menos, no: cuando estoy en tierra, me deprimo y zampo como un animal, y entonces engordo, y entonces me deprimo y zampo como un animal, ¡y vuelta a empezar!

–Capitán –intervino Rodrigo el Salao–, no nos va a hacer creer que usted no echa de menos la vida en el mar, la vida de pirata.

–Ha pasado mucho tiempo desde lo de Puerto Rico –se unió su hermano Nuño–. Ya nadie nos buscará por eso.

–¡Y si nos buscan, que vengan! ¡Qué demonios! –remató Erik dándose golpes en la panza–. ¡Aquí hay Belga para unos cuantos!

–¿Y qué genial plan habéis pensado para nuestro regreso triunfal? –masculló Barracuda sin mover ni una pestaña–. Porque alguien tendrá un plan, ¿no? ¿Adónde se supone que vamos, panda de desgraciados?

–¡Eso da igual! –sonrió el Cojo–. ¡Lo que más hay en el mundo es agua para hacer flotar este barco!

–En realidad, yo sí quiero ir a algún sitio –dije yo, que llevaba varios días pensando en una cosa–. Quiero pasar de nuevo por Kopra. Tengo algo que hacer allí.

—¡Al Caribe! —se alegró Malik—. ¡Sí! ¡Voto por eso!

Todos apoyaron la idea a grandes gritos.

—No lo habéis pensado bien —repitió el capitán despacio—. Si volvemos al Caribe, dejaremos atrás la cómoda vida de honrados ricos panzones.

—¡Que le zurzan a esa vida! —apostilló Dos Muelas—. Que se quede mi dinero en la isla de Florida para quien lo encuentre. Tener tanto no es bueno: no te deja desear nada.

—Chispas —me dijo John poniéndome una mano en el hombro—, sé que no te consulté y luego me olvidé de decírtelo, pero le conté a Buka dónde estaba el dinero y le dije que, si por casualidad no volvíamos, lo usara para la escuela.

—Me parece perfecto, Ballena —respondí con una sonrisa.

—Entonces —dijo Fulín, encaramándose dramáticamente al palo mayor y señalando en la dirección equivocada—, ¡al Caribe! ¡Rumbo a Kopra!

El capitán le taladró con la mirada.

—Baja de ahí antes de que te hagas daño —masculló.

—Sí —respondió él mientras bajaba, obedeciendo la primera orden de su vida.

—Sí, ¿qué? —repuso Barracuda.

—Sí... —Fulín me miró buscando ayuda—, ¿capitán?

Barracuda no respondió. Le observó de cerca un momento y después grito:

–¡Largad velas! ¡A todo trapo! ¡Rumbo este! ¡Al Caribe, malditas sardinas! ¡Antes de que os eche por la borda de mi barco, panda de viejos gordos!

Todos gritamos a una, lanzando los sombreros al aire y levantando los brazos. Resucitar, amigos, es estupendo.

Tras ese momento de exultante alegría, John se acercó a Fulín serio, muy muy serio.

–Oye –le dijo mirándole desde arriba como un búho–, Fuchín, Chinchín, o como te llames ahora: esta de aquí –me señaló con un dedo– es mi hermana, ¿sabes?

–¿Sois hermanos? –me miró sorprendido Fulín.

–No... –empecé a explicarle yo.

–¡Como si lo fuéramos! –me interrumpió John, y luego se acercó mucho al muchacho–. Para ti, como si yo fuera su hermano, su padre, su madre y toda su familia de tíos, primos y vecinos. Porque como le hagas alguna jugarreta o le des algún disgusto, te voy a olfatear como un oso, te voy a arrancar la coleta y te la voy a hacer comer entre el pan, ¿entendido?

Fulín, completamente a la sombra de la Ballena, tragó saliva y me miró.

–¡Pero qué dices! –me reí, y me subí a la enorme espalda de John–. ¡Déjale en paz, anda, que ya tiene suficientes emociones por un día!

La Ballena se alejó, pero siguió mirándole durante un buen rato. En ese momento, Boasnovas se asomó por la escotilla de la cocina.

–¡Vamos, muchacha! –me dijo a gritos–. ¡El rancho no va a hacerse solo!

–De eso nada, Portugués –contesté empujando a Fulín hacia allí–. ¡Ahora hay otro grumete en el barco!

Así renacimos todos a la piratería. Así terminó la breve vida de Ana y resucitó Chispas. Así murió el emperador Shunzhi, de la dinastía Manchú, y nació el grumete Fulín.

Así volvimos a ser la tripulación del valiente capitán Barracuda.

Aquí llega el momento de despedirnos, amigos que me habéis acompañado en esta aventura. Es justo este. No es un momento triste, porque vosotros y yo estamos unidos ya para siempre: ¡hemos compartido tantas cosas…!

Y, quién sabe, tal vez volvamos a encontrarnos en el mar o en las páginas de un libro. No olvidéis mi historia, que yo no os olvidaré.

Chispas

Kopra

Epílogo añadido por Llanos de su puño y letra el 12 de septiembre de 2016

La isla de Aruba es preciosa, y la playa del Águila es un paraíso. Pero soy un alma inquieta, así que al quinto día de estar allí, alquilé un pequeño velero para dar una vuelta por los alrededores de la isla.

Nada hacía presagiar el mal tiempo, aunque estoy segura de que, si le hubiera preguntado a cualquiera de los pescadores que me vieron hacerme esa mañana a la mar, me habrían dicho: «Llanos, hoy no es un buen día».

Pero yo no pregunté, así que zarpé a mediodía en un velero de ocho metros de eslora, con suave viento del este y un sol maravilloso. El agua esmeralda del Caribe, el ruido del viento en las velas... Todo era perfecto hasta que, de improviso, se formó sobre mi cabeza una tormenta fenomenal venida no sé de dónde. El cielo se puso gris, el mar se encrespó y en pocos minutos me vi en serios apuros. Una racha de viento fuerte y repentina me rasgó la vela mayor, y yo, segura de que así no llegaría nunca a tierra, activé la baliza de socorro y lancé un MAYDAY por la radio.

Entonces fue cuando vi frente a mí un islote, apenas un montón de arena en medio del mar, y como pude dirigí el barco hacia allí. El velero terminó de destrozarse contra la arena, y yo salté a tierra empapada y enfadada, pensando en cuántas explicaciones tendría que dar al buen hombre que me había alquilado la embarcación.

Estaba allí, sentada en la arena mientras esperaba el barco de rescate, cuando escuché un tintineo metálico a mi espalda. Como soy muy curiosa, seguí el sonido, y al internarme en unos matorrales descubrí que el ruido lo producían unas gruesas cadenas que colgaban de una piedra alargada y puesta de pie, casi como una lápida. Estaban viejísimas y oxidadas, y el viento las hacía chocar violentamente. Me acerqué, intrigada. Entonces creí distinguir unas marcas en la piedra... ¿Tal vez unas letras? En ese momento empezó a llover, y el agua, al mojar esas marcas, descubrió lo que allí había escrito. Decía: *Si te gusta la aventura, cava aquí*. Y una flecha señalaba directamente al suelo, al pie de la piedra.

Con las manos, con los pies, con un palo que encontré por los alrededores, cavé sin descanso... Hasta que topé con algo duro a no mucha profundidad. Era un cofre enorme y negro, muy pesado. La cerradura estaba rota y, cuando lo abrí, encontré en su interior una nota manuscrita y cuatro libros muy viejos. La portada del primero decía: *Mi vida de pirata. Por Phineas Johnson Krane*. Los otros eran tres cuadernos de tapas de cuero atados con una cinta que en algún tiempo había sido azul. *El tesoro de Barracuda*, decía uno; otro rezaba: *Barracuda en el fin del mundo*, y el último, *Barracuda, el rey muerto de Tortuga*.

La nota decía:

Hola, viajero (o viajera):

Has de saber que has llegado a Kopra, logro que no es menor, porque pocos han conseguido dar con esta isla misteriosa. Si estás leyendo esto es que has encontrado las señales que dejé para guiarte hasta este tesoro, así que en justicia te pertenece. Tal vez te extrañe que llame tesoro a un montón de páginas escritas. Pero no, no me he equivocado: lo son. Yo lo sé, y tú lo descubrirás muy pronto.

En esta isla encontré mi primer libro —que ahora es tuyo—, y aquí comenzó la maravillosa vida que eso me proporcionó. Los otros tres cuadernos son la historia de esa vida. Los he enterrado aquí, donde todo comenzó, esperando que tú los encuentres para empezar otra aventura: la tuya, esta vez. Creo que eso es lo justo. Léelos con cariño y atención, y —si puedes— compártelos con otros. Las historias encerradas en los libros no cobran vida hasta que alguien las lee, las disfruta... Las vive.

Hoy, 12 de noviembre de 1661, acompañada por Fulín (antes emperador triste de toda la China, antes Guardián de los Dragones, antes Shunzhi) y por John la Ballena (antes Sir John el Grande, antes captura de noruegos, antes John Tortichellobelloponte), dejo este regalo para ti, quienquiera que seas, y me marcho a descubrir el resto de lo que la suerte me depara. ¡El mundo es tan grande...!

Firmado:
Chispas (antes Ana, antes Chispas)

El resto, ya lo sabéis.

TE CUENTO QUE MARTA ALTÉS...

... estudió diseño gráfico en Barcelona, pero, después de trabajar en ello durante cinco años, decidió dedicarse a lo que más le gustaba desde niña: ilustrar libros. Así que se lio la manta a la cabeza, se mudó a Londres para hacer un máster y hoy, cuatro años después y con más de diez libros (y otros tantos premios) a sus espaldas, se alegra mucho de su decisión.

Marta Altés nació en Barcelona en 1982. Si quieres ver más ilustraciones suyas, visita su web:

www.martaltes.com

TE CUENTO QUE LLANOS CAMPOS...

... está un poco triste por acabar la aventura con Chispas, Barracuda y los suyos. ¡Han sido tantas cosa maravillosas! Esta historia los ha cambiado mucho a todos: a los piratas y a ella misma, que ahora ve como sus palabras (las de Chispas) navegan por ahí cruzando el mundo. Y aunque es cierto que con este libro terminan las peripecias de esta tripulación, siempre puedes volver al principio, abrir *El tesoro de Barracuda* por la primera página... ¡y empezar de nuevo!

Llanos Campos Martínez nació en Albacete en 1963. Tras acabar el instituto inició la carrera de psicología, pero la dejó para dedicarse a lo que le gustaba: el teatro. Desde entonces, no ha parado: realizó estudios de interpretación y comenzó a dirigir espectáculos, impartir talleres, participar en festivales de todo el país... Todo ello, sin dejar de escribir obras teatrales y relatos.

Si te ha gustado este libro, visita

LITERATURA**SM**•COM

Allí encontrarás:

- Un montón de libros.
- Juegos, descargables y vídeos.
- Concursos, sorteos y propuestas de eventos.

¡Y mucho más!

Para padres y profesores

- Noticias de actualidad, redes sociales y suscripción al boletín.
- Propuestas de animación a la lectura.
- Fichas de recursos didácticos y actividades.

+ 8 años

Muertos que parecen vivos, vivos que parecen muertos, reencuentros con viejos amigos y eternos enemigos, aventuras, desastres y fiestas... **Una novela llena de giros, sorpresas y cosas que no son lo que parecen.**

BARRACUDA

Un libro tan **potente como un cañonazo para cerrar una serie magistral.**

AVENTURA

AMISTAD

HUMOR

172978
ISBN 978-84-675-9774-5